Questo libro è un'opera di fantasia. Personaggi e luoghi citati, anche se assimilabili a quelli esistenti, nel modo in cui sono trattati divengono invenzioni dell'autore e hanno il solo scopo di conferire veridicità alla narrazione.

Qualsiasi analogia con fatti, luoghi e persone, vive o scomparse, è assolutamente casuale.

Gino Pollice e le ossa di Enza

Editore: lulu.com

ISBN: **978-1-4461-0828-4**

Prima edizione: 22 Novembre 2010

Gino Pollice
e le ossa
di Enza
Natale Figura - 2010

Ringraziandoli, dedico questo romanzo a
Enza, Salvo, Pippo, Valentina, Roberto, Maria, Valerio
e a tutti gli altri amici ai quali mi sono ispirato
per caratterizzare meglio i miei personaggi.

INDICE

PERSONAGGI

1	Avv. Lorenzo Guidi	Investigatore privato n.1
2	Gino pollice	Investigatore privato n.2
3	Roberto Ricci (Ro)	Investigatore, aiuto
4	Giancarlo Mura (Gian)	Investigatore, aiuto
5	Dott. Anselmo D'Amato	Commissario Capo di P.S.
6	Giorgio Bolli	Ispettore di P.S.
7	Rag. Augusto Trisoliti	Amministratore Ospedale
8	Enza YYYY	Radiologa
9	Fabio ZZZZ	Medico Anestesista
10	Valentina Fiore	Giornalista
11	Pippo N.	Giornalista
12	Dott. Andrea Fig...	Funzionario Min. Interno

Prefazione

(di Natale Figura)

Con questo terzo racconto poliziesco di Gino Pollice si vuole continuare una serie di opere di letteratura varia massimamente ambientate in Italia, con personaggi di estrazione italiana e con italianissimi nomi e cognomi.

Almeno finché si può.

Questo non per esterofobia, ma soltanto perché si ritiene che il lettore in tal modo possa ricordare meglio gli attori di ciascun romanzo, senza sforzarsi di memorizzare nomi spesso astrusi e lontani dal comune parlare nazionale.

Così, invece di Ben Jusuff, Mordecai, Gottlieb, Webster, Hallington, Schlutz, Kraicovijc, Elderberry, eccetera, troveremo nei nostri racconti polizieschi di Gino Pollice: Luigi, Giancarlo, Tommaso, Franco, Emilia, Roberto, Maria, Giovanni, Enza, Pippo, eccetera, che orecchiamo più spesso nella nostra quotidianità, sentendoceli più vicini e, speriamo, più graditi.

Poi, le trame, gli sviluppi dei racconti, le tesi e le conclusioni più o meno inaspettate, sono peculiarità individuali.

Buona lettura.

Preliminare a questo romanzo

"**Gino Pollice e le ossa di Enza**" *che siete in procinto di leggere, è ambientato in parte a Roma e in parte anche in altre zone d'Italia che molti di voi riconosceranno anche se non espressamente nominate.* ***L'incipit*** *mi è stato proposto dal mio amatissimo cugino Salvo Andrea Figura, ottimo poliedrico scrittore ed io ho cercato di adeguare ad esso il racconto pur mantenendo quella autonomia specifica di svolgimento che tiene conto delle peculiarità dei miei personaggi preferiti. Quindi, poiché gli attori principali della saga poliziesca di Gino Pollice sono quelli che alcuni di voi conoscono, ho scelto di ambientare anche questo scritto in modo che vi sentiate come a casa vostra e fatichiate di meno nel seguire lo svolgersi ritmato del racconto.*

Qui rivedrete quindi i noti (per chi ha letto i precedenti due romanzi della serie) personaggi fondamentali di questa piccola saga: Avvocato ***Lorenzo Guidi****, Investigatore Privato Principe, un uomo di tipo "medio" (età media, altezza media, corporatura media) che è quello che sornionamente tira i fili conclusivi e "risolve" il caso;* ***Gino Pollice****, Investigatore Privato bis, suo primo aiutante, galoppino ed esuberante factotum, che relaziona sulla vicenda;* ***Anselmo D'amato*** *bilioso Commissario Capo di Polizia, provvisto di pancetta prominente;* ***Giorgio Bolli****, Ispettore di Polizia, intelligente quanto basta e talvolta paziente succube di Gino.*

E poi altri di contorno, ognuno caratterizzato a sé in modo da rendere spero piacevolmente scorrevole la lettura e porgere elementi per la soluzione autonoma del mistero.

Provate a trovare voi la soluzione, prima di leggere il finale.

Gino Pollice e le ossa di Enza

© Natale Figura

Prologo: A un tratto si spalancò la porta ed entrò d'improvviso un tipo lacero, il trench strappato, i pantaloni sudici di urina, barcollante quasi fosse ubriaco, un braccio al collo legato con un fazzolettone grigio. Si guardò intorno con occhi spenti e crollò a terra con un lamento.
Enza disse a Fabio: «*Svelto non abbiamo un secondo da perdere... è un'emergenza...*»[1]

1

Questo mi capitò di vedere in quel-l'Ospedale XXXXX dove stavo svolgendo indagini per conto di un cliente.
Vi assicuro che il fatto mi fece un'impressione negativa solo perché il tizio puzzava tanto, eppure invece apprezzai il modo spiccio ed efficiente con cui quello venne subito assistito dal personale medico ed infermieristico locale, a partire da Enza, la bella radiologa in servizio.
E poi parlano male della Sanità in genere e di quella del Sud Italia in particolare...

---

[1] Incipit fissato da Salvo Andrea Figura, medico Anestesista Rianimatore, Autore di testi medici, di Antologie di racconti a sfondo sanitario, di romanzi e di racconti di Fantasy, di Fantascienza e di Horror pubblicati in altre Antologie con gli Editori "Babele di Modica", Ilmiolibro.it e lulu.com.

Posso assicurarvi che non è affatto così, come malamente esposto dalle così dette fonti d'informazione.

Tutto era cominciato un mercoledì pomeriggio quando al cancello esterno della villa del mio insigne Datore di lavoro, l'Avvocato Renzo Guidi (che non esercita la professione legale essendosi dato invece alla professione del segugio privato), il Poliziotto Privato più conosciuto, più esperto, *più migliore assai* (se si potesse dire senza essere sottolineati con la matitona rossa-blu della mia ex insegnante d'italiano alle elementari), si appoggiò fremente un tizio che suonò a lungo il campanello che squilla nell'ingresso annunciando clienti.
Già sapete, quelli di voi che hanno letto le storie di cui ho fatto in precedenza il resoconto[2], che abbiamo tre pulsanti da premere, a seconda dei casi, nella pulsantiera di bronzo dorato posta sul montante di marmo del cancelletto pedonale: il pulsante che annunzia con suono grave, in ingresso, l'arrivo di un possibile cliente; il pulsante che con un suono argentino avvisa che amici e familiari sono al cancello e infine il terzo,

---

[2] Vds.: "Un pugno di gioielli" – 1° resoconto di Gino Pollice. "Eppure gliel'avevo detto" – 2° resoconto. Ed. lulu.com.

un cicalino che con un gracchiare metallico segnala nella cucina fornitori o postini.
Dicevo che suonò a lungo, e già questo mi fa andare su di giri il cervello. Che bisogno c'è di indicare imperiosamente la propria necessità di farsi aprire? Basta un tocco di campanello per far capire di essere lì fuori e che si desidera un contatto con chi sta dentro.
E poi, mica pioveva... ma lasciamo andare.
Alzai gli occhi sul monitor posto sulla mia scrivania e lo vidi a colori a contrasto con il resto grigio dell'apparecchio: mi sembrava uno di quei play boy da copertina di quei giornali osé, tirato a lucido e con due basettoni che gli ornavano entrambe le guance fin quasi al bordo della mascella e avvolto in un inverosimile impermeabile violetto.
Con il mio impeccabile italiano forbito domandai: «*Chi è?*», come dice anche il Mago di Acerra che invece, per il suo mestiere, già dovrebbe sapere.
«*Presto, mi faccia entrare, devo vedere subito il dottor Guidi*», rispose quello senza presentarsi. Ma chi si credeva di essere...
E inoltre, in quel periodo dell'anno avevamo già abbondantemente superato il livello economico massimo del conto corrente bancario che manteniamo 'in contanti', per cui potevamo

benissimo permetterci di essere molto selettivi sulle persone da ricevere.
Con la mia solita solerzia, che molti di voi conoscono, e con la varietà linguistica che mi contraddistingue gli rivolsi incuriosito il quesito fondamentale: «*Desidera*? ».
Sembrava di parlare al muro: «*Insomma, mi faccia entrare subito,* – continuava a non presentarsi l'individuo – *mica posso sbandierare al vento quello che devo dire... e faccia presto, forse mi hanno seguito fin qua. E poi devo prendere l'aereo del primo pomeriggio, per essere giù nella serata*».
Seguito fin qua? Chi? Come e perché? Giù...?
A questo punto si imponeva una riflessione: la voce dichiarava urgenza e le parole facevano pensare che il soggetto fosse in preda ad una sorta di inquietudine profonda.
Conveniva tirarsi in casa una bega del genere? Pensai in un lampo che la cosa avrebbe certamente disturbato il mio Capo il quale ormai, guadagnato abbastanza per l'anno in corso, pensava soltanto a dare brevi sarchiatine nell'orto dietro la villa e ad infastidire le otto piantine di rovo senza spine che aveva interrato ai lati del vialetto posteriore (sì, proprio quelle piantine che gli aveva portato la nostra Maria Nuzzi, governante e tuttofare, moglie di Filippo Nuzzi nostro giardiniere-autista-meccanico e buttafuori di

casa). '*Esatto* – dissi tra me e me dopo averci pensato qualche frazione di secondo – *il Gran Capo non approverebbe*' e allora, con il sorriso sulle labbra, quello che dedico in genere alle belle ragazze, premetti il pulsante che apriva elettricamente il cancelletto permettendo al soggetto di entrare nel giardino anteriore.
In effetti, quando giunge un visitatore alla nostra porta dopo un veloce esame preliminare avverto il mio Capo descrivendoglielo e lui mi dice di farlo entrare oppure no (siamo molto selettivi). Questo per evitare di ammettere persone non gradite, soprattutto quando in banca il livello del conto corrente supera il massimo da lui fissato.
Talvolta, però, mi prendo la libertà di decidere da solo quando mi sembra il caso di farlo o per pungolare il mio beneamato datore di lavoro e sollecitare le sue meningi a darsi da fare o quando la persona mi incuriosisce ed allora non attendo ordini superiori. E questo mi pareva il caso.
Saprete già, e a chi non lo sapesse lo ripeto qui, che la villa in cui abito e opero, di proprietà del mio Capo, ha un giardino anteriore prospiciente la strada che si sviluppa anche sui due lati, mentre sfoggia un giardino-orto posteriore con alberi da frutto e colture varie dove il mio Avvocato e Filippo, il nostro forzuto factotum, pasticciano fingendosi orticoltori provetti.

2

Mi mossi rapido spalancando il portoncino blindato e lo feci accedere alla saletta d'aspetto, quella dove viviseziono i possibili clienti prima di ammetterli allo studio del Principale.
«*Un momento* – gli dissi dopo averlo squadrato di nuovo ben bene ed aver determinato che non era un pericolo per noi – *vedrò se l'Avvocato può riceverla. Intanto mi accenni il problema*».
«*Non posso, ora. Non vorrei ripeterlo di nuovo. Parlerò solo alla presenza dell'Avvocato Guidi; non mi guardi così, posso pagare quanto dovrò*».
Insisteva, il caparbio.
Non mi restavano che due soluzioni alternative: una, restituirlo alla strada volente o nolente e, due, rassegnarmi ad introdurlo nello studio, dopo aver richiamato al dovere professionale il mio augusto signore, svellendolo dall'orto come lui fa con le erbacce (quando non le confonde coi germogli di fiori che Filippo pianta senza avvertirlo...). Certo si sarebbe seccato di dover interrompere i suoi alti esperimenti di giardinortaggio ma gli avrebbe fatto bene anche un po' di moto cerebrale, perciò mi affacciai al finestrone posteriore e lo avvertii del visitatore.
Grufolò qualcosa per essere stato disturbato nella sua attività hobbistico-professionale e, date disposizioni a Filippo di non fare altro nell'orto

senza la sua supervisione, si avviò verso il bagno per rendersi più presentabile.
Sentii lo scorrere dell'acqua mentre si lavava le mani, è sempre molto pulito il mio Capo ma ancora di più quando deve incontrare qualche cliente.

Entrò nello studio accennando un cortese saluto all'ospite e si assestò sulla sua comoda poltrona dietro la sua enorme scrivania di mogano. Mi guardò con occhi interrogativi, spostò lo sguardo verso il tizio e dispose le orecchie in posizione di rassegnata attesa.
«*Buongiorno Avvocato Guidi* – iniziò il possibile cliente, azzeccando l'appellativo col quale gli piaceva sentirsi chiamare (lui odia il generico titolo di 'dottore') – *mi perdoni se sono arrivato senza preavviso ma il problema è divenuto così urgente che non ho potuto fare a meno di venire, anche a costo di apparire scortese. Sono il Ragioniere Trisoliti, ...Augusto Trisoliti. Ho bisogno del suo aiuto e sono disposto a tutto*».
«*Certo,* – interloquì con voce querula quella perla del mio padrone – *visto che è qui da me...* ».
«*Sono il Capo dell'ufficio di Contabilità dell'Ospedale XXXXX* – continuò quello senza palesare di essersi accorto dell'interruzione (**nota mia: non cito il nome dell'Ospedale XXXXX per evitare di essere citato io**) – *e di recente ho*

riscontrato con mio sgomento un grave ammanco nella consistenza del materiale pregiato sia del Reparto Radiologico (meno) sia del Reparto Chirurgia Generale (molto di più). La cosa è inspiegabile, soprattutto perché fino al dicembre scorso tutto sembrava in perfetta regola. Solo nel primo quadrimestre (e ora siamo in giugno) è stata impiegata la quantità di materiale normalmente usata per un intero anno, quasi azzerandoci le scorte. E senza alcun riscontro autorizzativo o indicazioni di destinazione del materiale...! Sono certo che tenteranno di dare la colpa a me accusandomi di non aver tenuto a posto i conteggi... ma io non c'entro. Ci sono dei responsabili di Reparto che potrebbero avercela con me e io... non ci sto! Non voglio addosso le colpe di altri. La prego, mi aiuti a chiarire la mia posizione, ne va del mio orgoglio e della mia integrità personale. Ancora non ho detto nulla al Direttore dell'Ospedale... non ci mancherebbe altro, è un politicante da strapazzo che per salvarsi la poltrona è pronto a calpestare il cadavere della propria bisavola, figuriamoci poi se non avrebbe buon gioco con me! Non voglio parlar male degli assenti ma da quando c'è lui sono successe le cose più strane ed anche riprovevoli... pensi che è stato capace di dirmi, addirittura dinanzi a un malato terminale..., 'se

non ce la fa lui, faccia firmare agli eredi'... incredibile! ».
Proprio così, proferì tutto ciò senza tirare un respiro, tanto che mi aspettavo di vederlo diventare in volto del tutto viola, come il suo impermeabile.

«*Si calmi* – lo esortò il Capo, con quell'aria bonaria che, per me che lo conosco come le mie tasche, non faceva presagire nulla di buono – *vedrà che le daremo l'aiuto di cui ha bisogno... Vero signor Pollice? Tocca a lei provvedere*».
Lo sapevo che finiva così... io l'avevo fatto entrare ed ora avrei dovuto spupazzarmelo.
«*Ma io sono venuto da lei, come mi è stato suggerito da un amico comune Funzionario del Ministero dell'Interno col quale mi ero confidato; ho preso appositamente l'aereo da Catania per fare prima ed è lei che deve aiutarmi. La prego*», disse il cliente, perché ormai era divenuto tale.
«*Immagino bene di chi stia parlando... sì, è anche amico mio ma il signor Gino Pollice è il mio alter-ego, le assicuro espertissimo* – mai me lo diceva in privato ma soltanto in pubblico, quando mi doveva affibbiare un incarico – *ed è a lui che deve fornire tutte le sue indicazioni. Lui* – cioè io praticamente – *investigherà, mi farà la sua brava relazione ed io le darò la soluzione ai suoi guai.*

Noi lavoriamo così, ...in simbiosi» concluse e, maestoso, si alzò dallo scranno, fece un abbozzo di saluto e veleggiò fuori dallo studio, lasciando il cliente allibito e nient'affatto contento e me abbastanza sconcertato.
Ma si doveva fare buon viso e quindi quello si volse verso di me sconsolato, attendendo.
Mi aveva ancora una volta battuto sul tempo.
«*Sta bene* – incominciai rassegnato all'inevitabile – *mi dica tutto dall'inizio, anche le cose che le sembrino meno opportune o che consideri prive di significato o non strettamente attinenti al caso*».
L'ospite, e adesso cliente, si strizzò con due dita la punta del naso e, ancora dubbioso, iniziò a vuotare il sacco.

3

Un'ora dopo avevo riempito della mia scrittura fitta fitta dieci paginette del mio block-notes e avevo raggiunta una conclusione: c'era poco da scegliere, mi dovevo recare sul posto per rendermi conto della situazione reale, anche se questo significava dovermi sobbarcare un lungo viaggio tra aereo e automobile a noleggio.
Si trattava, infatti, della necessità di recarmi in Sicilia, e per fare presto mi dovevo imbarcare con l'Alitalia a Ciampino per l'aeroporto di Catania e lì giunto noleggiare un'auto dell'Avis, proprio appena fuori dall'aerostazione.
Speravo che avessero smesso con gli scioperi selvaggi...
Ma naturalmente avevo prima bisogno di ricevere disposizioni e autorizzazioni dal mio Capo il quale si era rintanato, probabilmente, nella sua camera, in attesa della chiamata di Maria per il pranzo. Sì, era ora di pranzo ormai... e mi ci volle quasi un quarto d'ora per espellere l'ospite dallo studio, dalla villa e dal giardino, nonostante le sue vivaci argomentazioni sull'opportunità di '*fare presto*' e sulla *sua* necessità di vedere di nuovo il Capo per suggerirgli chissacché.
Non se ne parlava nemmeno di questa eventualità... ma che si credono, i clienti, di

poterci imporre il loro metodo di condurre le indagini? Non comprendono che una volta messo il loro problema nelle nostre mani tocca a noi e solo a noi di stabilire come affrontarlo e risolverlo? Dal momento dell'avvio delle nostre indagini a loro compete soltanto il provvedere a saldare spese ed onorario...

Lo persuasi, infine, e nello studio tornato deserto mi accinsi calmo e tranquillo a riordinare le idee per trovare un efficace piano d'azione che convincesse il mio superiore a darmi il suo benestare per il viaggio.

Pensavo che avrei dovuto affrontare il toro per le corna, con validi ragionamenti, ben sapendo quanto il mio Avvocato prediletto sia contrario a mandarmi troppo lontano per lavoro, perché preferisce avermi a portata di mano per le sue pressanti esigenze prioritarie: dal guidare la sua vettura nuova per andargli a comperare il giornale, fino al responsabilizzarmi nel suo hobby favorito porgendogli di volta in volta paletta, semenze e rastrello...

Sentii il suo passo felpato mentre rientrava nello studio... di lì a poco si sarebbe affacciata Maria per invitarci in sala da pranzo, perciò affrontai subito il difficile argomento del viaggio...

«...*E così* – conclusi con una nota incalzante nella voce, per eliminare possibilità di dubbi – *sarà*

necessario che io mi rechi in Sicilia partendo stasera stessa con l'AZ-23. Il Ragioniere mi aspetta per domattina sul posto».
Temevo che avrei dovuto lottare per convincerlo della necessità di recarmi fin laggiù e mi accingevo ad una lunga discussione.
«*Perfettamente d'accordo*» mi rispose invece, lasciandomi basito.
«*Il pranzo è pronto!*» esplose in quel mentre dalla porta Maria, impedendomi qualunque commento.

Avevamo pranzato ottimamente come al solito ed ora, tornati nello studio, eravamo affaccendati come api nell'alveare a rimettere ordine alle rispettive scrivanie.
Io mi ricordai che dovevo avvertire in qualche modo la mia amica del cuore della mia prossima assenza ma non mi risolvevo a farlo direttamente in quanto avrei dovuto sorbirmi brontolamenti per questi miei imprevisti allontanamenti.
Allora, dopo averci pensato un po', alzai la cornetta del telefono e chiamai il mio amico e, nostro valido collaboratore saltuario Roberto Ricci, detto Ro, e lo avvertii del mio viaggio improvviso per lavoro pregandolo di comunicare a Elisa, la mia cassiera preferita della Banca Romana, che sarei tornato al più dopo due o tre giorni. Sapevo che lei non era reperibile in Città

fino all'indomani e come vi ho anticipato preferivo che glielo dicesse lui per evitare di ascoltare le inevitabili lamentele che Elisa mi avrebbe riversato nelle orecchie.
Elisa Romani è una cara (e bella) ragazza che da un po' ha scoperto di avere un debole per me (e la cosa, devo dire, non mi dispiace affatto), ...ma vi dico questo solo per darvi un po' d'informazioni di carattere generale di cui potete tenere conto oppure no.
Ro, poliziotto privato e nostro collaboratore speciale, quando serve, è un pezzo di ragazzo buono come il pane, intelligente e capace che ha un debole per una comune amica giornalista, Valentina Fiore, che avete già conosciuto in precedenza negli altri resoconti della nostra attività di Investigatori Privati di Roma e dintorni.
Bene, tornando a noi, riuscii per un pelo a partire col volo serale previsto che mi serviva per raggiungere la Sicilia.

4

La Sicilia '*anche*' vista dall'alto è sempre bellissima... ma era ormai notte e perciò non vidi un bel niente e quindi non posso descrivervi il panorama. Potei soltanto intravedere il cono dell'Etna parzialmente illuminato a tratti da un sommesso respiro lavico con qualche starnuto di fumo e lapilli.
I Catanesi e gli altri Siciliani dei paesini sulle pendici del vulcano devono essere pazzi ad abitare ancora lì, forse più dei Napoletani col loro Vesuvio, perché da che mi ricordi l'Etna è tuttora, ed è stato sempre, in fase eruttiva o quasi.

Atterrati all'aeroporto di Fontanarossa (no, cari lettori, quello di Sigonella è l'aeroporto militare di Catania dove c'è anche un piccolo contingente USA) raccattai la mia quarantottore trolley ed andai alla Hertz a noleggiare un'ottima Punto blu seminuova (è vero, sono abituato alla *mia* Alfa coupé di proprietà del mio Capo, ma mi adatto bene a guidare anche le FIAT) che mi trasportò degnamente fino a Noto, la cittadina Capitale mondiale del Barocco, dove ho un'amica vedova che gestisce col figlio una piccola, linda e confortevole pensione familiare, proprio sulla piazza del Teatro Reale.

Presi lì alloggio, poiché non mi conveniva recarmi in piena notte alla mia destinazione finale dove non conosco nessuno o quasi.

La mattina seguente, con circa un'ora di strada statale abbastanza buona, attraversati vari paesini, mi lasciai sulla destra la Città di Rosolini, tagliai su per Timparossa, superai la strada che a destra portava a Palazzolo Acreide, antica Città d'origini corinzie[3], e poi arrivai alla mia meta. Cercai un alloggio per un paio di giorni presso un albergo decente suggeritomi dalla mia amica notinese e mi avvicinai con calma all'Ospedale.
La struttura era discretamente ben tenuta, a forma di 'M' come volevano i canoni dell'epoca Mussoliniana e come si premurarono ad erigere gli adepti entusiasti di quel periodo, i quali dovevano nondimeno trasformarsi in modo repentino in ferventi antimussoliniani appena caduto quel regime.
Eh sì, è una prassi consolidata quella di disconoscere il passato (quando sia superato dalle realtà storiche) e cercarsi nuove verginità politiche. Anzi è d'uso mostrarsi tanto più antifascisti adesso quanto invece si era stati fascistoni prima.

---

[3] Vedasi "Eravamo Corinzi" di Salvo Figura – ed. Babilonia, Modica.

Si accedeva all'Ospedale costeggiando un muretto a secco posto vicino alla statua di San Pio con accanto quattro Cicas di rara bellezza.
A fargliele vedere al mio datore di lavoro sarebbe venuta un'itterizia galoppante, perciò feci una bella fotografia col mio cellulare da sottoporgli al mio rientro a Roma.
Scommetto che se glielo avessi detto e fatta vedere la foto al momento per videotelefono mi avrebbe ordinato di trafugarne una. Ero proprio tentato di mandargli un messaggino con la foto delle Cicas... sempre con l'intento di stimolare il suo senso del bello, ...naturalmente.
Mi fermai al gabbiotto nella zona dell'orologio e all'addetto domandai come arrivare all'ufficio del nostro cliente, l'Amministratore dell'Ospedale.
Era piuttosto facile da raggiungere, dalla parte del pronto soccorso, dietro... ma che ve lo dico a fare, vi faccio solo perdere tempo, tanto... mica dovete andarci anche voi, no?!

Trovai il cliente tremebondo e spaurito, quasi si fosse pentito di essere venuto ad interessarci al suo problema.
«*Stia tranquillo* – cercai di blandirlo – *adesso sono io qui e vedrò di fare tutto il possibile per darle una mano senza crearle fastidi... Vuole farmi conoscere i responsabili dei materiali di*

cui ha notato gli ammanchi? Cominci da uno qualsiasi. Prima facciamo e meglio è».

«*Ssì, ssubito... mmi raccomando ssoprattutto la cautela. Si tratta di persone suscettibili... Cominciamo dal Reparto di Radiologia, quello meno interessato al problema. La persona che gestisce il magazzino è sicuramente fidata eppure anche da lei ci sono ammanchi notevoli di materiali pregiati*», mi disse con un tremolio della voce che non gli avevo sentito in precedenza. E alzando la cornetta del telefono sulla sua scrivania metallica si rivolse ad un invisibile interlocutore: «*Sebastiano, puoi dire a Enza di venire nel mio ufficio? Sì, dille che è importante che venga subito*». Ed a me quasi a giustificarsi «*Ho detto a Sebastiano, l'infermiere che mi ha risposto, di far venire qua subito Enza YYYY che è la responsabile dei materiali di radiologia...* » come se non gli avessi già sentito dire le stesse cose proprio poco prima.

Non avendo altro da fare per il momento mi accinsi ad attendere sbirciando fuori dalla finestra socchiusa. Vidi un piazzalino interno ingombro di automobili di ogni tipo, forma, marca e colore parcheggiate senza un ordine predeterminato e ne contai quattro di colore rosso brillante.

Noi investigatori privati siamo rinomati per saper cogliere i particolari, tutti, anche quelli più insignificanti che spesso, comunque, non sono necessari alla soluzione di un caso. Credo che sia deformazione professionale.
Decisi che ai nostri fini non fosse indispensabile contare anche le auto grigie argento e perciò rivolsi la mia attenzione alla porta che si stava aprendo, dopo un leggero bussare.

5

<La porta si aprì lentamente, quasi con timidezza ed Ella entrò con un gran sorriso dipinto sulle labbra carnose>...
Uno scrittore dell'ottocento avrebbe così descritto la scena ma io, non essendo uno scrittore d'epoca ma soltanto un modesto relatore delle nostre attività investigative vi dirò in questo resoconto: '*La porta si aprì lentamente ed Ella entrò con un gran sorriso dipinto sulle labbra carnose*'. Avete notato che non ho affatto accennato ad eventuale '*timidezza*' di una porta?
Beh, comunque sia, la persona che entrò aveva, in effetti, un sorriso smagliante dipinto sulle labbra carnose e ben disegnate.
Dire che l'atmosfera della stanza si fosse improvvisamente arroventata è descrivere la sensazione che ebbi quando il suo sguardo si posò, interrogativo, su di me.
In quel momento e senza bisogno di alcuna prova a suffragarlo l'avrei assolta di qualunque delitto le fosse addebitato, a meno che ad accusarla non fosse la Monica Bellucci nazionale detta Modica[4].
«*Salve* – esordì rivolgendosi direttamente a me e squassandomi le vene – *eccomi qui* – continuò indirizzando al ragioniere un cenno di saluto – *sono venuta appena mi hai fatto chiamare ma ho*

[4] Vedasi il racconto "Modica Bellucci" nel volume "Ninna nanna Anestesista", di Salvo Figura – Ed. lulu.com.

un impegno tra poco. Perciò, dimmi, che cosa posso fare per te? ».
Avesse rivolto a me quest'ultima domanda avrei avuto sulla punta della lingua un intero elenco di 'cose' che avrebbe potuto fare per me e parecchie licenziose... ma non essendo io il destinatario del quesito risolsi di starmene quieto ad osservare.
Intendiamoci, io non sono un assatanato cacciatore di esemplari notevoli del gentil sesso, che però so apprezzare per il giusto verso nei lati 'A' e 'B'... e anche 'C' e 'D' se li avessero ma d'altronde ero lì per lavoro e dunque era necessario che mi mettessi ad osservare... coscienziosamente. Noi Investigatori Privati siamo fatti così...

«*Enza* – iniziò il Ragioniere, stavolta senza balbettio – *il signor Pollice qui presente* – e mi indicò con una mano stanca – *è un noto Investigatore Privato della capitale che ho chiamato qui per il problema che tu sai... L'ho fatto venire da tanto lontano poiché non posso fidarmi di gente del posto ed anche questo sai bene perché. Ho bisogno che tu gli dica tutte le cose che sai affinché lui possa aiutarmi ad uscire da questo ginepraio*».
Lei, che *sapeva* tutte quelle cose, a detta del cliente, ci pensò su un attimo e poi: «*Piacere, signor Pollice, vuole venire con me*? »

Che domande... ma certo che volevo, sin da quando l'avevo vista. La seguii fuori dall'ufficio verso il suo Reparto come se fossi un cagnolino al guinzaglio... e senza farmi tirare.

Una scalinata ampia e ben lustrata di recente ci portò ad una larga porta metallica con vetri smerigliati attraverso cui accedemmo ad un vasto corridoio, alle cui pareti si aprivano diverse porte, sia a destra e sia a sinistra, che risultavano semiaccostate passandoci davanti. Una porticina in alluminio satinato, chiusa, posta a tre quarti del corridoio sulla destra, era la nostra meta.
L'aprì con la sua chiave Yale e mi precedette in una stanza divisa in due da un bancone tipo birreria, che mi fece venire sete al solo vederlo. Ma l'odore tipico da ospedale sconsigliò vivamente il mio stomaco dall'esigere bevande... di qualunque genere fossero.
«*Eccoci qua* – mi annunciò con la sua voce di miele appena raccolto – *adesso le mostrerò ciò che le interessa*». Avesse pensato bene a quello che diceva si sarebbe resa conto del balzo involontario che fece il mio cuore nel petto...

«*Dunque* – continuò senza tener conto del fatto che iniziava la frase con un termine da adoperare concludendo un discorso. No, non faccio il Pierino, solo che mi è stato inculcato fin da giovane che... E comunque, il mio Professore Leone del Liceo sarebbe stato fiero dei miei ricordi dei suoi insegnamenti... – *questo è il mio ufficetto dove conservo i registri di carico e scarico dei materiali che gestisco per il Reparto. I miei libri contabili sono esatti al cento per cento... perché li controllo e personalmente li aggiorno verificando ogni tre mesi i livelli di scorta segnati con le quantità reali di magazzino, che è là* – e mi indicò col dito affusolato corredato di una lunga unghia laccata di blu una porta alle sue spalle – *però, oggi le giacenze riscontrate non corrispondono alle cifre annotate e risultano anche mancanti delle strumentazioni portatili sofisticate e costosissime, che però io non ho mai distribuito*».

«*Sì, questo lo so già perché il Ragioniere me l'ha accennato. Però* – le risposi – *ha qualche idea di come può essersi verificato l'ammanco di materiali?* »

«*Assolutamente no* – fece lei con una smorfietta di disappunto che le stava bene sulle labbra carnose – *entriamo nel magazzino soltanto io o i miei collaboratori, gli infermieri Filippo Rubino e Angelo Capece. Mi fido di loro che seguono attentamente il protocollo per l'impiego dei materiali 'sensibili' che trattiamo. Tra poco glieli farò conoscere... perciò non so dirle come mai ci siano questi ammanchi*».

Francamente non mi interessava affatto di fare la loro conoscenza, mi bastava dare un'occhiata ai libri contabili per rendermi conto della portata delle mancanze ma forse sarebbe stato necessario ai fini delle indagini e così acconsentii, dopo aver visionato il magazzino che mi aveva indicato... Beh, che dirvi, lo stanzone appariva stranamente vuoto o quasi.

«*Ecco*» mi disse indicando con la mano affusolata la serie di scaffali ordinati e lustri, «*vede? Vede quegli spazi vuoti? Lì c'erano materiali sensibili e prodotti speciali necessari per predisporre i pazienti per le indagini radiografiche... ebbene ne manca oltre la metà e avrebbero dovuto bastare per tutto l'anno mentre ora arriveremo si e no al metà del prossimo semestre*».

«*Me l'aveva anticipato il Ragioniere* – le replicai mentre curiosavo nella stanza – *è sicura che i suoi collaboratori siano persone di cui fidarsi, oppure che siano talmente sbadati da trascurare di effettuare le dovute registrazioni, man mano che vengono utilizzati i materiali che sembrano mancare?*»

«*Sono pronta a mettere la mano sul fuoco per loro* – affermò – *sono anni che collaboriamo in perfetta sintonia e se ci fosse stata qualcosa da ridire ne avremmo già parlato...* »
«*Bene* – conclusi – *mi sembra che qui non ci sia molto da aggiungere... mi lasci soltanto dare un'occhiata più approfondita intorno...*»
Non che ce ne fosse bisogno ma un particolare mi aveva incuriosito... e voi sapete che quando noi Investigatori privati siamo incuriositi in genere 'sentiamo' a pelle che qualcosa non va.

6

In effetti, con un'occhiata più approfondita alle scaffalature che riempivano la quasi totalità delle pareti spingendosi alcune anche verso il centro della stanza mi resi conto che si notavano pile di scatole rettangolari con loghi farmaceutici multicolori inframmezzate da spazi vuoti, proprio lì dove avrebbero dovuto esserci altri materiali.
E pareva che nessuno avesse neppure tentato di coprire quelle mancanze almeno spostandovi una parte delle altre scatole, quasi che non si tenesse in alcun conto che si vedessero i vuoti lasciati. Questo mi sembrava singolare, se non addirittura molto strano. Chi poteva avere avuto l'impudenza di effettuare un furto di materiali pregiati infischiandosene bellamente che potesse essere facilmente scoperto?
Avanzai l'ipotesi che altro personale ospedaliero, complici i vertici, avesse fatto man bassa dei materiali per poi '*sistemare*' con comodo le carte ed i registri ma non avevo alcuna prova che fosse stato proprio così. E chi poteva essere? Enza mi aveva nominato i due infermieri che l'aiutavano nella gestione del magazzino ma aveva anche garantito per loro... Al momento non avevo formulato a me stesso alcuna ipotesi valida. Le rivolsi il quesito e lei mi rispose che pur avendoci

pensato a lungo non aveva potuto immaginare alcun nome di persone ‘forse’ coinvolte.

Ringraziai, la mia bella accompagnatrice e lasciai a malincuore il suo Reparto Radiologico per raggiungere il vicino Reparto di Chirurgia dove mi aveva indirizzato e preannunciato per telefono.

Venni accolto con diffidenza e anche lì trovai la stessa storia: scaffali con evidenti segni di asporto di materiali senza alcun tentativo di coprire le mancanze. Nessuna differenza... a parte il fatto che a ricevermi fu uno scorbutico ometto segaligno e bilioso che a descrivervelo vi avrebbe potuto ingenerare intossicazioni virali.

Perciò non ve lo descriverò più di tanto, basta che voi sappiate che era davvero segaligno, bilioso e scorbutico.

Mi guardò con occhietti ravvicinati alla radice del naso e mi disse di far presto nelle mie *inopportune*, per lui, investigazioni, ché di lì a poco sarebbe passato il PRIMARIO (e me lo disse tutto in lettere maiuscole quasi inchinandosi nel pronunciarne il nome) il quale poco gradiva estranei nel Reparto e soprattutto nel deposito dei materiali. ‘*Ebbene sì*’, affermò quasi imbronciato, si era accorto della sparizione di materiali pregiati solo perché aveva buona memoria. Tuttavia non mi esibì i suoi registri perché voleva prima avere

l'autorizzazione del suo Principale, anche se la mia visita era stata preannunciata a dovere.
In fondo, si mostrò con me tanto reticente quanto invece era stata in precedenza tanto disponibile Enza YYYY, la bella radiologa.
Salutai scontento e me ne tornai verso l'ufficio del nostro cliente.

Avevo risolto ben poco, almeno per il momento. Tuttavia so bene che le nostre indagini sono un concentrato di pazienza, di attenzione ai particolari, di sensazioni, di raccolta di eventuali soffiate, di intuizioni riscontrabili successivamente mediante prove e di tanta fortuna, il tutto condito di acuta intelligenza ed elevata capacità sintetica e deduttiva (che io modestamente possiedo in quantità industriali).
Il mio Capo è fornito di tutto quanto serve per trarre da una serie di fatti anche insulsi, che io sono in grado di sciorinargli a comando, le conclusioni che gli permettono di chiudere positivamente i casi sottoposti alla sua attenzione ma qui non avevo granché da riportargli, per cui risolsi che dovevo approfondire alcune questioni.
Ma per farlo avevo bisogno di scavare ancora.
Era comunque già ora di pranzo ed io, fedele al detto <*sacco vuoto non sta in piedi*[5]> optai per

---

[5] Proverbio friulano.

chiedere al nostro cliente dove poter assaggiare qualche specialità locale di cui avevo sentito vantare le proprietà organolettiche...
Stando sul posto, tanto valeva adeguarsi alla cucina locale e, in effetti, ero curioso di sentire i sapori dei piatti siciliani autentici piuttosto che quelli assaggiati a Roma nella trattoria siciliana di piazza Cavour, vicino al palazzo di Giustizia.

Guarda caso, il percorso verso l'ufficio del Ragioniere costeggiava il magazzino del Reparto di Radiologia e, sempre per combinazione, la porta del magazzino era aperta su un panorama asettico e spoglio, della prima stanza col bancone, ora ingentilito dalla mia radiologa preferita china a leggere qualcosa sul suo librone.
«*Salve di nuovo* – proferii entrando senza bussare nella stanza – *ops, mi scuso* – continuai al sussulto delle belle spalle per l'inatteso appello – *non volevo spaventarla, passavo di qua per andare dal Ragioniere e cercavo un'anima pia che mi volesse accompagnare per il pranzo in qualche locale caratteristico del posto, dove poter mangiare qualcosa di diverso dal solito... qualche specialità siciliana*».
Uno sguardo dolce precedette la sua risposta, che praticamente avevo condizionato con la mia frase: «*Può smettere di cercare, signor Pollice; se ha pazienza di attendere per un momento ha*

trovato qui una buona guida gastronomica. Il tempo di avvertire e andiamo nei pressi, al ristorante 'La bella Otero'. Però mi deve promettere che non staremo via molto, perché devo chiudere la giornata col solito rendiconto, anche se so già che non corrisponderà ai livelli reali di scorta dei materiali... ».
«*Promesso* – risposi immediatamente, e come avrei potuto fare se non promettere qualunque cosa mi avesse chiesto pur di avere tale guida gastronomica a disposizione – *occorre l'auto? Ho la mia qui fuori*».
«*Sì, serve ma andremo con la mia altrimenti perderemmo più tempo*» ribatté afferrando la cornetta del telefono e formando un numero interno: «*Sebastiano* – soffiò con la sua voce floreale – *vado a pranzo e tornerò presto... no, non c'è bisogno di avvertire il Capo Reparto... sì, il telefonino è acceso e puoi avvertirmi se proprio è necessario ma evita se possibile... Grazie*».
«*Ecco fatto* – mi annunciò soddisfatta come un gattone soddisfatto depositando la cornetta sulla sua sede – *possiamo andare*» e prese da sotto il bancone una borsa Vuitton formato king-size.

Adesso vi starete chiedendo 'ma è proprio necessario andare a pranzo in locali caratteristici, magari costosi, e con una persona sospetta ancorché maliarda?' La mia risposta è semplice: spesso intorno ad un tavolo di ristorante si viene a conoscere qualcosa che in altre occasioni sarebbe difficile far emergere (lo sanno bene gli uomini politici, che stanno sempre a pranzo di qua e di là... a spese di altri).

E poi... ebbene sì, il conto lo paga il cliente e, benché io non intenda approfittare della situazione, vi confermo che preferisco soddisfare la mia curiosità culinaria a costo zero (non dite al solito che sono tirchio oltreché profittatore).

Per quanto poi riguarda Enza, la maliarda in questione... sospetta o no, avrei voluto vedere voi (intendo la parte maschile dei lettori dei miei resoconti) al mio posto... vi ci sareste '*catafuddati*'[6] con tutte le scarpe, lo scommetto...!

---

[6] Precipitati - gettati a tuffo.

7

Bene, il ristorantino caratteristico si rivelò davvero ottimo sotto tutti i punti di vista; la mia ospite si destreggiò abilmente tra assaggini di ravioli di ricotta in salsa di pomodoro e 'due spaghetti' al nero di seppia, tanto per assaporare gusti diversi, e poi lepre alla '*stemperata*' con '*tenneruma*' all'olio crudo, aglio crudo affettato sottile, alicette e limone, e poi in aggiunta olive nere '*scacciate*' e pistacchi e, per finire, un '*biancomangiare*', un dolcetto leggero cremoso a base di mandorle che si squagliava in bocca e che bissai volentieri tanto era buono.
Ora, anche se avete l'acquolina in bocca, non chiedetemi le ricette dei piatti gustati perché non le conosco e poi niente hanno a che fare con questo resoconto che vi sto facendo delle mie attività investigative. Un consiglio però mi sento di darvelo: visitate la Sicilia, questa isola baciata dal sole e benedetta dal Padreterno, e nei ristoranti ordinate il menù che vi ho appena descritto... ne vale la pena.

Durante il pranzo Enza, ormai ci davamo del tu come vecchi amici, venne chiamata al cellulare e rispose con un tono che mi parve

infastidito... e poi, quasi scusandosi, mi disse: «*Era Sebastiano che mi comunicava che Fabio ZZZZ, un collega Anestesista Rianimatore, un medico mio buon amico anche se qualche volta un po' troppo insistente, voleva sapere quando tornavo. Pare che sia rimasto da solo al Pronto Soccorso e se capita qualche emergenza per la radiologia ha bisogno anche di me... ma penso più che altro che abbia avuto una botta di gelosia, perché gli avevo promesso di pranzare con lui oggi e ho trascurato di disdire*».
E poi aggiunse mormorando quasi tra sé e sé «*Ma non doveva esserci anche un suo collega di turno al pronto soccorso? Ma, già, quello, tronfio com'è starà di certo nel suo studio al piano di sopra... a contare e ricontare i soldi*».
Mi ero fatto appena il quadro della situazione ed avevo capito che, comunque, tra il personale c'era un po' di maretta.
Soltanto, ancora non intravedevo possibili soluzioni al nostro caso, sebbene un piccolo spiraglio apertosi mi avesse fatto drizzare le orecchie... Anche voi che leggete avrete sicuramente compreso di che cosa si tratta, perciò non sto qui a precisarlo ulteriormente.

Tornammo tranquillamente all'Ospedale, come se avessimo fatto un'allegra scampagnata... e, in effetti, così era trascorsa quell'oretta che ci eravamo concessi. Ci recammo insieme al Pronto Soccorso e nella piccola sala B stavamo parlando del più e del meno con Fabio ZZZZ il giovane medico Anestesista, un ragazzone scapolo che mi sembrò subito simpatico e ciarliero, quando a un tratto si spalancò la porta ed entrò d'improvviso un tipo lacero, il trench strappato, i pantaloni sudici di urina, barcollante quasi fosse ubriaco, un braccio al collo legato con un fazzolettone grigio. Si guardò intono con occhi spenti e crollò a terra con un lamento.

Enza disse a Fabio: «*Svelto non abbiamo un secondo da perdere... è un'emergenza...*», diedero voce ad un paio d'infermieri e, letteralmente, mi buttarono fuori dalla sala.

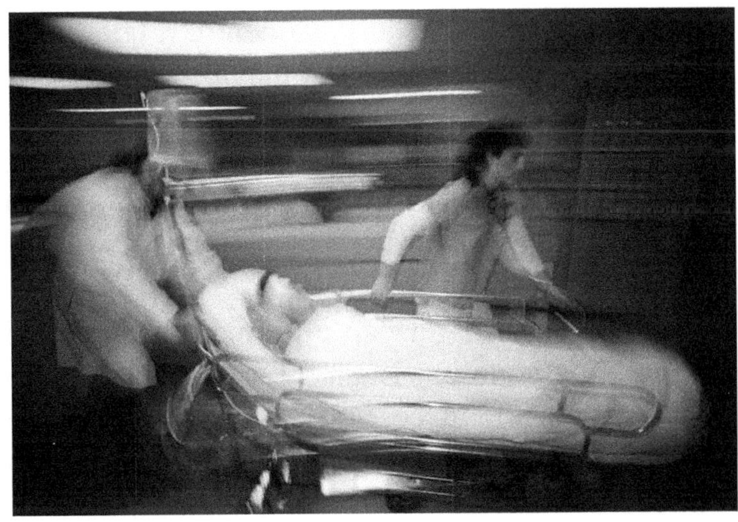

Bighellonai un po' in giro, sotto lo sguardo tollerante della suoretta di servizio in Astanteria, seduta al suo tavolino...
Mi sembrava che, a parte il caso insolito registrato prima, non ci fosse al momento un grande viavai di gente in quel piano e allora mi diressi verso il piano superiore.
Appoggiato alla parete, come se stessi aspettando qualcuno, guardavo sulla mia destra la porta del magazzino dei materiali di Chirurgia, sempre serrata, che non mostrava alcun segno di effrazione. Ogni tanto qualcuno in tenuta azzurra o in camice bianco bussava ed entrava, per uscirne quasi subito con le mani ingombre di articoli sanitari dei quali mi sfugge il nome.
Ogni tanto qualcuno riportava qualcosa di 'avanzato' e, spesso, squillava dentro il telefono.
A un certo momento uscì dal magazzino l'ometto bilioso che avevo già intervistato con scarsi risultati il quale, chiusa la porta a chiave, si allontanò sigaretta accesa in mano, senza degnarmi di uno sguardo.

L'occasione mi parve propizia, mi guardai intorno... nessuno in vista... mi accostai alla porta e con il piccolo necessaire da viaggio che ho sempre con me aprii facilmente la porta e sgusciai velocemente dentro.

Sì, lo so che non si dovrebbe fare, fatemi pure la paternale, se desiderate... ma che volete... avevo davvero bisogno di rendermi conto della realtà se volevo avvicinarmi alla soluzione del caso...
E poi, l'unica persona che avrebbe potuto rimproverarmi del mio atto, il mio amatissimo Capo e datore di lavoro, era a mille chilometri di distanza (ora, però, non andate a spifferarglielo subito!).
Il librone che volevo era lì, a portata di mano; lo aprii alle pagine che mi interessavano e le scorsi rapidamente. Ecco i punti di maggiore attenzione: ...idrato ***57u*** alla data del..., ...idrato ***14u*** alla data del...; ***43u*** in meno e senza giustificativi a fianco segnati, come se si trattasse di nuovo carico di magazzino... e queste '***u***' mancanti, dove erano finite? E poi mancavano anche decine e decine di metri di filo da sutura e cannule di drenaggio e rotoli e rotoli di bende e bisturi, forbici, seghe, pinze ed altri strumenti da Sala Operatoria, quasi che si fosse proceduto ad uno svecchiamento di materiale e che dal giorno XYZ avessero effettuato un nuovo inventario per stabilire gli attuali livelli di scorta.
Incredibile...! Come avrebbero potuto giustificare mai la nuova situazione ad una ispezione sanitaria regionale o alle eventuali inchieste degli Ispettori Ministeriali?

Col mio cellulare scattai alcune foto delle pagine compromesse e, svelto come un gatto inseguito da un cane, mi precipitai fuori dal magazzino chiudendo bene la porta alle mie spalle... appena in tempo per vedere di lì a poco di ritorno l'ometto con un sorrisetto ebete sulla faccia.
Ragazzi, non lo sopportavo proprio.

8

Enza uscì dalla sala C del pronto soccorso ancora infagottata in un camice bianco che la fasciava come un vestito da sera, rendendola ancora più interessante del solito... potenza delle uniformi... o reale sostanza contenuta?
Propesi per la seconda ipotesi... e sì, la sostanza c'era ed era messa bene in mostra... ora capivo bene la botta di gelosia di Fabio.
Mi lanciò uno sguardo penetrante e mi domandò: «*Di nuovo qui? Vuoi sapere altro per la tua inchiesta? ...ok. Tra poco finisco il turno. Se mi offri un caffè mentre torno a casa ti racconto un fatto che mi era sfuggito di mente*».
Offrirle un caffè? Altro che caffè, presi la palla al balzo e le risposi: «*Enza, stasera ti propongo di andare a cena a Marina, da "Alberto il mago del pesce", mi sono documentato prima di arrivare qua... ti sta bene alle otto? Ok? Sì, so già dove abiti. Allora a stasera... suonerò al citofono e tu scendi, siamo d'accordo?*» e con un leggero bacio sulla sua guancia mi avviai verso l'ufficio del nostro cliente.
A saperlo, a Fabio, gli sarebbe preso un colpo...

Buco nell'acqua.

Lui, il Ragioniere Augusto Trisoliti, mancava all'appello. Dov'era finito mentre io mi sudavo i duemila euro che ci aveva anticipati, in previsione degli altri, molti, che ci avrebbe ancora dovuti dare?

Sulla sua scrivania un mare di carte d'ogni genere sopra le quali spiccava un foglietto postit giallo con al centro una scritta (che copiai subito): '*Dall'orologiaio alle sei. G*'. Erano le cinque e mezza e il nostro amico doveva essere già sulla via verso l'orologiaio che non sapevo chi fosse e dove fosse... Inutile chiedere o cercarlo, l'avrei rivisto l'indomani.

Tornai in albergo e mi feci una bella doccia rinfrescante (io pure sono molto pulito).

Alle diciannove e trenta in punto presi l'auto e mi recai a casa di Enza, dove però mi aspettava una sorpresa: un'Alfa della Polizia parcheggiata lì vicina e un gruppetto di persone attirarono la mia attenzione. Trovai un posto libero del parcheggio blu, inserii nel parchimetro una moneta da cinquanta centesimi (in fondo Enza doveva soltanto scendere) e mi avviai a suonare al citofono.

«*Unni iti...?*» risuonò sgradevole alle mie orecchie una rude voce maschile. Squadrai i due metri di poliziotto alle mie spalle e decisi che mi

conveniva rispondere accondiscendente: «*Ho un impegno con una persona di questo palazzo e intendo suonare al suo citofono*».
«*Ca suonate...*» proseguì quel bestione formato armadio a due ante, decisamente interessato ai miei movimenti. Perplesso alzai la mano destra e premetti il pulsante di Enza... attesi pochi secondi e «*Cu jè...?*».
«*Accianamu...*» rispose per me il pitbull della P.S. spingendomi all'interno del portone... «*Non faccia resistenza...*» mi ammonì severo in volto.

Una Enza scapigliata e con un vistoso calamaro nero sotto l'occhio sinistro era seduta su una poltrona di cuoio beige alle prese con il gemello del mio armadio ambulante, in mezzo ad una sarabanda di oggetti gettati qua e là per la stanza... il mio Avvocato prediletto avrebbe disapprovato tutto quel disordine.
«*Che succede?*» l'interpellai sollecito ma lei non fece in tempo a rispondermi che il 'suo' armadio a due ante mi stoppò quasi con arroganza «*Qui facciamo noi le domande! Chi siete? Documenti. Perché avete suonato cca?*». Ritenni miglior cosa chiarire subito ogni dubbio e gli tesi il mio portadocumenti con la licenza d'Investigatore Privato (uno dei migliori d'Italia, ovviamente), la carta d'identità e la patente auto. Lo lasciai a

confrontare i documenti tra loro (chissà poi perché) e mi avvicinai ad Enza prendendole le mani. «*Certo ti hanno conciata proprio per le feste... è stato il gelosone?*» le dissi amichevole e compassionevole insieme.

«*No, uno sconosciuto che avevo trovato in casa quando sono rientrata dall'Ospedale. Stava buttando per aria tutto qui nel soggiorno per cercare non so che cosa. Ho strillato per la sorpresa e la paura e allora quello mi ha picchiata nell'occhio e qui nel petto* – e tirò giù la scollatura della maglietta per mostrarmi un altro livido proprio sopra il seno, che non potei fare a meno di ammirare nonostante la circostanza – *e poi è scappato via urlandomi di 'farmi i fatti miei'. Solo che non capisco che cosa intendesse o volesse da me... è più di un'ora che lo sto ripetendo ai poliziotti che ho subito chiamato*».

«*Questo è quanto ci ha detto finora* – si intromise il questurino bis il quale, terminato l'inventario dei miei documenti me li stava rendendo senza un commento – *il fatto è che lei deve sapere certamente qualcosa che non ci sta dicendo... e io invece sono molto curioso di conoscere. E poi perché c'è qui un 'Privato' della capitale? Ci dica tutto, che è meglio per lei, per noi e per le indagini*».

La ragazza rispose scuotendo il capo e per altri dieci minuti quello insistette per sapere cose che né io né Enza eravamo in grado di dirgli.
«*Fa così perché è grande e grosso e questo gli hanno insegnato alla Scuola di Polizia* – le dissi per tranquillizzarla e sdrammatizzare – *ma sa bene che sei tu la vittima e perciò, se non sai altro e non hai altro da dirgli puoi benissimo salutarlo... Perché voi state andando via, vero?*» conclusi rivolgendomi ai due che si guardarono in faccia e si accinsero a levare le tende.
«*Venga domattina alla Centrale per la denunzia. E anche lei*», dichiarò il secondo poliziotto che seguì il collega giù per le scale.

«*Grazie Gino* – mi sussurrò Enza con una vocina che mi fece stringere il cuore – *non ne potevo più di stare qui a ripensare a quanto mi era accaduto e a rispondere a tono alle loro domande, sempre uguali*».
«*Prego* – risposi subito – *adesso non ci pensare più... vediamo di fare qualcosa per quell'occhio, che se si gonfia ancora va a finire che scoppia* – aggiunsi sorridendo per la facezia – *hai del ghiaccio? O dell'acqua ossigenata?*»
Si alzò dalla poltrona e si diresse alla cucina. Tolse alcuni cubetti di ghiaccio dal freezer, li avvolse in un tovagliolino e me li consegnò

permettendomi di tamponarle con delicatezza l'occhio gonfio.
«*Comunque* – incominciai come seguitando un discorso che non avevamo ancora pronunciato – *manco a parlarne di andare a Marina da Alberto, ormai la serata è persa. Vuoi che vada a prendere qualcosa da mettere sotto i denti nella rosticceria qui sotto?*».
«*No, aspetta, ho qualcosa in frigo* – mi rispose – *e posso organizzarti una cenetta leggera, se ti va di stare qui. Non ho voglia di uscire e nemmeno tanto appetito... ma non me la sento di stare da sola dopo questa esperienza...*».
Accettai riconoscente e cominciai a raccogliere da terra carte ed oggetti vari ridando alla stanza una parvenza d'ordine. Enza, ora che aveva qualcosa da fare per imbastire la cena, mi pareva già più sollevata.

Eravamo al caffè e non avevamo affatto accennato più all'evento. Enza era tranquilla, ora, ed anche maggiormente propensa a socializzare... quel tanto che basta.
«*Ti sei fatto un'idea?*» mi disse all'improvviso.
«*Di che cosa?*» risposi facendo lo gnorri.
«*Come, di che cosa... ma del problema che abbiamo in ospedale... non sei venuto qua solo per me, vero? Avanti, fammi il terzo grado, cercherò di resistere ma poi ti dirò tutto...*»

Scherzava, ovviamente, dato il tono leggermente ironico che aveva dato alle sue frasi.
Stetti allo scherzo e «*Sì, adesso ti farò qualche domanda e se non rispondessi a tono potresti anche essere sottoposta alle torture...*» le risposi con un finto cipiglio da aguzzino.
«*Prima domanda: chi tra tutto il personale dell'ospedale possiede le chiavi dei magazzini oltre ai diretti interessati alla gestione?*»
«*Soltanto noi e il Direttore dell'Ospedale*» rispose sollecita fingendo un tremore della voce.
«*Risposta esatta. Domanda numero due: dove vengono conservate le chiavi quando non ci siete, negli orari di sosta, durante la notte se non sono previsti interventi o se gli interventi non si protraggono nella nottata?*» soggiunsi con fare inquisitorio.
«*In astanteria, in una cassettina sotto il diretto controllo della suora...*» enunciò ancora fingendo per gioco un'ombra di paura.
«*Terza domanda: che cosa cercava qui dentro quell'uomo che ti ha conciata così?*»
«*Ti assicuro che non ne ho la minima idea. Ho pensato e ripensato a lungo... e ho anche cercato io stessa tra le mie cose ma a parte del denaro mancante dal cassetto del comodino non ho trovato alcunché che mi abbia chiarito la cosa.*

Forse voleva solo i pochi euro che tenevo lì dentro il cassettino», rispose dubbiosa.
«*Bene, quarta ed ultima domanda: dove sono i liquori?... Attenzione, rispondi subito oppure*"... la minacciai con un dito aggrottando la fronte.
«*Lì* – rispose fingendosi terrorizzata – *dentro quel mobiletto. E lassopra ci sono i bicchieri e in cucina c'è il ghiaccio, lo sai*»... ma a questo punto le presi un polso e l'attirai a me, col miglior sorriso ebete che mi viene spontaneo.

9

Ero tornato in albergo verso la mezzanotte dopo aver tranquillizzato definitivamente la mia ospite e ne ero stato ricompensato a sufficienza, per essere il primo incontro in casa sua.
Malpensanti... ma che vi credete... lei non era tipo da approcci immediati, nonostante la mia bruta e maschia avvenenza.
Sì, ammetto che ho avuto più di un saggio delle sue morbide labbra ma... niente di più, né mi aspettavo altro. Quello che invece veramente volevo, cioè che sciogliesse alquanto il suo riserbo ed entrasse nei particolari e nelle minutaglie del caso che stavo investigando, me lo sciorinò senza farsi pregare: ormai ero divenuto il suo salvatore e quindi...
Che cosa altro mi disse, volete sapere? Non starò qui a ripetervelo alla lettera, nonostante la mia prodigiosa memoria ma sappiate che, finalmente, con le ulteriori notizie che mi aveva fornito, avevo ampliato quello spiraglio di luce di cui abbiamo già parlato. E la cosa mi pareva divenuta preoccupante... molto preoccupante.
Dovevo ancora fare alcune verifiche.
Innanzitutto volevo ottenere dal Capo-in-testa ospedaliero il permesso ufficiale di controllare i registri dell'ometto bilioso e poi fare una

chiacchierata con un paio di persone: il PRIMARIO di Chirurgia (quello a tutte lettere maiuscole) e il Guardiano di notte che ancora non avevo mai incontrato.
Mentalmente ripassai in rassegna i fatti noti e mi dissi che andare coi piedi di piombo era divenuto oltremodo necessario. Ma avrei provveduto a continuare le indagini il giorno dopo.

Quando la mattina successiva tornai all’Ospedale XXXXX, dal mio alberghetto “Jonio” ordinato e pulito come al solito (spesso ho trovato anche in altre cittadine siciliane alberghi e pensioni così denominati), mi resi conto che l’atmosfera cordiale del giorno prima era mutata. E in peggio.
I Siciliani sono un popolo in genere cordiale ed aperto, direi quasi anche troppo disponibile, forse perché ci tengono a fare bella figura con gli ospiti da qualunque parte provengano, perfino dalla Padania, che pure non esiste né è mai esistita come Regione a sé, in quanto è <un’espressione geografica>, come disse dell’Italia qualcuno passato alla storia . Ma tuttavia essi si rinchiudono in se stessi ed evitano di dare confidenza a chiunque quando si sentono

---

[7] Nel 1847 il cancelliere tedesco Metternich profferì la frase incriminata.

incompresi o addirittura minacciati nel loro abituale sistema di vita.
Sentivo ora una soffusa impalpabile diffidenza aleggiare intorno a me mentre passavo davanti alla guardiola e mi dirigevo verso l'ufficio del nostro cliente. Quello era seduto al solito dietro la sua spoglia scrivania metallica immerso in non so quali profondi pensieri e non certamente sereni. L'infelicità che gli traspariva dal volto si rifletteva nel suo modo di fare: rispose al mio saluto a mezza bocca e volse subito altrove il suo sguardo facendomi così capire che forse la mia vista in quel momento non era del tutto gradita. Eppure ci aveva chiamati lui, per il suo problema...

«*Salve* – gli dissi col migliore dei miei sorrisi standard – *mi sono perso qualcosa?*»
Mi guardò di nuovo, ora con una sofferenza muta negli occhi acquosi.
«*Buongiorno* – mi rispose formale – *dobbiamo parlare del problema... forse non ho fatto bene a coinvolgervi nel mio caso...*»
«*Avete avuto ripensamenti? Pressioni dall'alto?*»
«*Beh, ecco, Signor Pollice, non mi fraintenda, non avevo attentamente valutato gli sviluppi delle vostre indagini, che avrebbero potuto scatenarmi contro l'ostilità dei miei superiori... Quello che*

temevo sta per avverarsi: alle dieci sono stato chiamato dal mio Direttore per spiegazioni».
«*Vede? Qualcosa si sta muovendo e la mia presenza qui ha svegliato i cani che dormivano*», gli risposi sollecito nel tentativo di estrarlo da quella specie di bozzolo auto difensivo in cui si era calato.
«*Vada pure tranquillo dal suo Direttore* – continuai – *e gli dica che siamo qui nel tentativo di evitargli uno scandalo e risolvergli il problema. Anzi, già che c'è gli dica di ordinare al responsabile del magazzino del Reparto Chirurgia di mostrarmi i registri che ieri mi ha negato*». Non sapeva il Ragioniere che io quei registri li avevo già sfogliati e fotografati col mio cellulare.
Perché insistevo su quei registri, mi chiedete? Innanzitutto perché volevo fare una verifica di un'idea che mi era sprizzata in mente e poi perché quell'ometto bilioso, scusate, mi stava proprio cordialmente antipatico.

Le dieci erano diventate le undici e mezza, io intanto avevo finito di rileggere per la seconda volta il quotidiano 'La Sicilia', e il mio Ragioniere tornò nel suo ufficio un po' rinfrancato e quasi sereno. Il suo sguardo aveva acquistato vivacità e il modo con cui mi disse che potevo procedere nelle mie indagini presso il

Reparto di Chirurgia era divenuto spigliato e quasi cordiale.
Alzò la cornetta del telefono, compose un numero a tre cifre e brevemente disse: «*Orlando* – doveva essere il cognome dell'ometto – *sta tornando da lei il signor Pollice... sì è un ordine del Direttore per mio tramite... sì avverto io il suo Capo Reparto... no, non faccia storie e gli mostri tutto quello che l'investigatore vuol vedere. Ci siamo intesi? Sì, lo faccia e basta!*».
Caspita, pensai, quando ci vuole ci vuole.

L'ometto bilioso mi aspettava, con una faccia contrita e direi dispiaciuta perché un 'continentale' aveva avuto l'ardire di scardinare le sue difese del più sacro, per lui, dei tomi... il *suo* librone.
Si spostò dalla sua posizione dietro il bancone per consentirmi di sfogliarlo, rabbrividendo quando volgevo le pagine.
Ecco, l'ipotesi che continuava a girarmi in testa era stata verificata: le pagine che avevo fotografato (quelle che riportavano l'asportazione di ***43'u'*** di un certo prodotto e di altri materiali pregiati) erano scomparse per dare luogo alle sole pagine che riportavano il nuovo inventario ridotto quale attuale livello di scorta.

Sotto i suoi occhi inorriditi scattai alcune foto, richiusi il librone e scorsi velocemente i fogli di carico-scarico giornalieri, debitamente compilati e siglati dal personale che richiedeva o riportava materiali e, finalmente, con sua palese soddisfazione, salutai e me ne andai...
In quella mezzora che stetti lì il PRIMARIO (tutto in lettere maiuscole per l'ometto) non fece vedere neppure la punta del suo naso.

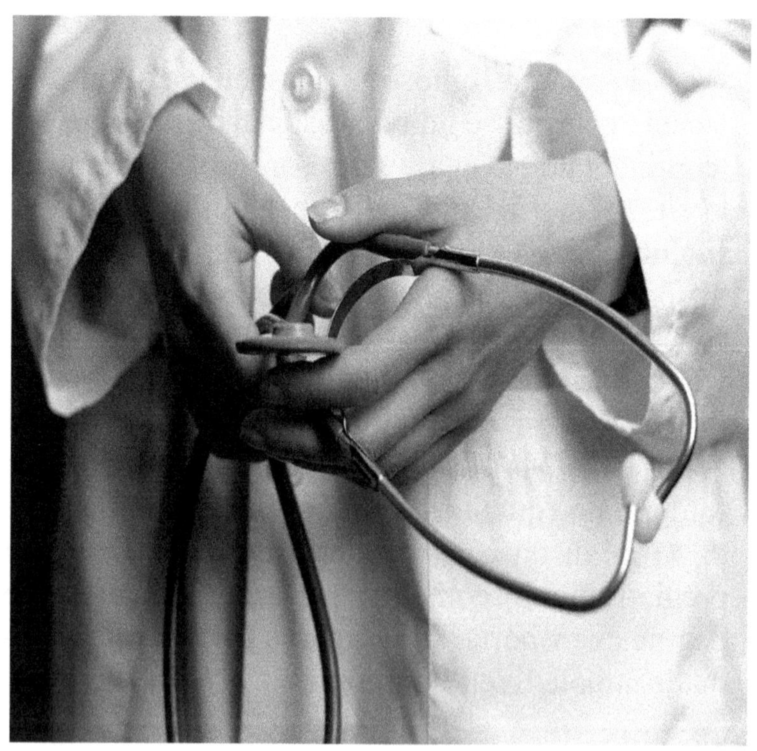

10

Fabio ZZZZ, il giovane medico Anestesista Rianimatore, mi veniva incontro serio in volto e mi scrutava come per scoprire che cosa avevo fatto per mettere in pericolo la 'sua' Enza.

D'altro canto Enza stessa, col suo bell'occhio contornato di un viola intenso ed un graffio superficiale sulla guancia gli camminava accanto e, sorridendomi, «*Ciao* – mi salutò cordialmente tendendomi la mano affusolata resa ancor più allungata dalle unghie pittate di blu – *sono stata alla Polizia accompagnata da Fabio. Tu ci sei andato? Adesso vado al Reparto, firmo e poi, se ti fa piacere andiamo tutti e tre al ristorantino casereccio, qui vicino, così ti faccio assaggiare altre specialità siciliane*».

Fabio non pareva molto entusiasta, forse temeva che la mia presenza potesse ancora produrre danni ad Enza come quelli che lei mostrava senza alcuna preoccupazione.

«*Ciao* – risposi tenendo la sua mano nella mia un tantino di più del necessario – *sono le dodici passate e, in effetti, sento un certo languorino... evidentemente ho già digerito la granita di mandorle col panino caldo della colazione di stamattina. Va bene se andiamo alle tredici? Devo fare prima una telefonata... di servizio*».

«D'accordo, alle tredici nell'atrio... tutti e tre», ribadì allontanandosi al seguito di Fabio che non aveva aperto bocca, nemmeno per salutare.
Decisamente pareva avercela con me. Ma che diamine, mica ero stato io a decorare così il volto di Enza.

La telefonata era una scusa per starmene un po' da solo a ponzare sulla situazione.
Era indubbio che qualcosa si fosse mosso, soprattutto perché la mia presenza evidentemente arrecava un certo disturbo.
Come quando si getta un sasso in uno stagno si propagano all'intorno onde concentriche, così le mie azioni e le mie domande dovevano avere allarmato determinate persone collegate con le ruberie all'Ospedale. E queste persone (una delle quali era certamente il mio Orlando del magazzino del Reparto Chirurgia) adesso si apprestavano molto probabilmente a prendere provvedimenti nei miei confronti.
Pensando e ripensando avevo raggiunto certe conclusioni che mi pareva opportuno trasmettere al mio Capo a Roma. Stabilii con me stesso che lo avrei chiamato dopo il pranzo... Prima di tutto il sostentamento...

Al ristorante mangiammo di gusto e Fabio parve prendere in considerazione il fatto che ero

un *amico* e non un pericolo ambulante né per Enza, allegra come al solito, né per lui che chiaramente pendeva dalle sue labbra (piuttosto belle, direi) e neppure per il suo beneamato Ospedale XXXXX.
Come finimmo, con un brindisi al Passito di Pantelleria, li salutai cordialmente e mi diressi al mio albergo; il pomeriggio incalzava.
Mentalmente avevo deciso di cancellare dalla lista dei sospetti sia Enza e sia Fabio.
Giunto in portineria mi consegnarono una busta arancione senza sapermi dare (o volermi dare) indicazioni circa il mittente.
Incuriosito l'aprii in ascensore; all'interno un foglietto strappato da un blocchetto a quadretti riportava la scritta frettolosa: '*Miegghjiu ca tinni vai*' che mi fece desiderare ancora di più di ricercare un aiuto solido e concreto: era la prima volta che ricevevo un '*pizzino*'.

Questo fatto ulteriore mi convinse che fosse l'ora di riferire tutto al mio Capo, senza più tardare, onde chiedere istruzioni sul da farsi, soprattutto perché il quadro d'insieme che mi ero costruito in mente mi faceva pensare che con le mie sole forze non avrei potuto ottenere nulla di più e, inoltre, sarei stato in grave pericolo.

Mi rilassai pensando quello che il Capo avrebbe potuto dirmi e, davvero non ci crederete..., mi addormentai nella comoda poltrona. Scherzi del vino siciliano, capace di stroncare un toro...
Erano già le otto passate che un rombo di motocicletta proprio sotto le finestre dell'albergo mi fece svegliare di soprassalto... Focalizzai l'ambiente in cui mi trovavo e sbirciai in strada senza notare alcunché di pericoloso, eppure sentivo nel petto il cuore battere all'impazzata.
Feci il numero speciale di casa e a *lui* che mi rispose subito raccontai per filo e per segno (esclusi gli intermezzi rosa) tutto quanto avevo appurato, messaggio quadrettato compreso.
Mentre gli accennavo le mie considerazioni «*...E pertanto credo proprio che si tratti di una questione di...* » – non feci in tempo a concludere la frase che mi interruppe – «*Gino, ritorni qua al più presto* – mi ordinò con una incrinatura nella voce che mi fece comprendere che anche lui ora era impensierito per me, altrimenti non mi avrebbe chiamato per nome – *e non faccia parola con nessuno delle sue intuizioni. Ne parleremo meglio quando sarà di nuovo qui, a Roma*».
E chiuse la comunicazione senza permettermi di parlare ancora, forse perché temeva che le mie parole potessero essere intercettate da qualcuno. Di questi tempi non c'è da meravigliarsi..., sia la

Magistratura sia *altri* intercettano tutti e tutto, spudoratamente.

Non posi tempo in mezzo, feci rapidamente le valigie (una sola, peraltro), salutai telefonicamente Enza a malincuore promettendole di tornare a trovarla, mi accomiatai sempre tramite cellulare dal nostro cliente che voleva sapere che cosa, come e quando... e con la fedele Fiat Punto blu ritornai all'aeroporto di Fontanarossa in tempo per il volo del primo mattino.

Cinquanta minuti di breve sonnellino ristoratore e volteggiavo su Roma ancora tutta illuminata come un presepio napoletano e poco dopo scesi al terminale dell'aeroporto di Ciampino.
La mia Alfa mi attendeva dove l'avevo parcheggiata e immediatamente ripartì, per nulla offesa che avessi adoperato una Fiat per un po'.

11

A casa, erano ormai le dieci, mi venne ad aprire col solito sorrisone Filippo che mi scortò fin dentro l'ufficio del Capo, dopo avermi liberato del leggero bagaglio.

Mi piantai di fronte al chilometro quadrato di scrivania di mogano lucidata a specchio ogni mattina da Maria e lo affrontai a brutto muso: «*Capo, ma insomma, perché mi ha interrotto mentre stavo facendo il mio resoconto? Avevo bisogno soltanto di terminare di riferire le mie conclusioni e avere da lei indicazioni su come proseguire le indagini... che ora sono interrotte. Avremmo dovuto battere il ferro finché caldo e invece...*», beh questo è quanto avrei voluto spiattellargli sul naso ma invece dissi soltanto: «*Eccomi qua come ordinato... però ho dovuto interrompere le indagini sul posto...*».

«*Gino, va bene così. Non potevo permetterle di continuare a parlare al telefono, visto che già era pervenuto a certe conclusioni che anche io da qui avevo raggiunto. Lei lo sa cosa penso del telefono in genere... un mezzo di comunicazione assolutamente insicuro, ne sa qualcosa anche il Presidente del Consiglio. Si sieda... si sieda e facciamo insieme un punto di situazione*».

Attese che mi accomodassi alla mia scrivania e continuò: «*Mi sono lasciato invischiare in questo caso, ritenendo che si trattasse di una banale investigazione da portare a termine in tempi brevi, soprattutto per un senso di amicizia verso il dott. Andrea Fig..., sì, l'amico del Ministero degli Interni, che aveva suggerito al nostro attuale cliente di venire da me. Certo, il fatto che i furti segnalati si svolgessero in Sicilia e quasi alla luce del giorno... (infatti, lei ha accertato che non c'è stato nemmeno tentativo di coprire bene gli ammanchi), avrebbe dovuto da subito farci sospettare che si trattasse appunto di una questione molto più complessa e dunque pericolosa. Beh, lei l'ha appurato, io penso, senza ombra di dubbio, perciò ora è il momento di interessare le Autorità di Polizia e della DIA, perché da soli non potremmo farcela ed anzi le nostre persone e le nostre vite sarebbero ancor più in grave pericolo. E' d'accordo con me?*». Certo che lo ero, io sono sempre d'accordo quando si tratta di evitare pericoli incombenti su di me, perciò affermai: «*Ma certamente... anche lei sa bene che quelle malversazioni non avrebbero potuto essere commesse in maniera così sfrontata se non ci fosse stata dietro una connessione con la criminalità locale e copertura politico-mafiosa...*». Mi guardò con riconoscenza, perché io, al suo posto, avevo pronunciato in chiaro quello che lui aveva in mente ma non aveva espresso a parole nel suo discorso.

«*E allora, che si fa?*» gli rimbalzai la palla. Ci pensò su un momento e: «*Inviti a venire qua il Commissario Capo Anselmo D'Amato, il suo amico Ispettore Giorgio Bolli, Roberto Ricci e Giancarlo Mura, domattina alle dieci; dobbiamo fare un consiglio di guerra, perché in questi casi di guerra si tratta. Provvederò io ad avvisare le Alte Autorità Ministeriali di quello che bolle in pentola e di ciò che si potrebbe architettare*». Senza ulteriori discussioni mi accinsi ad eseguire gli ordini ricevuti.
Per parlare col Commissario Capo impiegai più tempo del necessario perché era in riunione e, mi diceva il Viceispettore che rispose, non si poteva disturbarlo. Allora chiesi ed ottenni di parlare con Giorgio Bolli al quale illustrai sommariamente la questione spiegandogli la necessità di far avvisare con urgenza il suo Capo. Con Roberto e con Giancarlo me la cavai in pochi minuti ottenendo l'assicurazione che l'indomani sarebbero stati puntualmente presenti. Sì, mi disse Ro, Elisa era stata avvertita della mia assenza da Roma e si era mostrata scontenta.

Avevo appena concluso il discorso con Ro e Gian che il telefono squillò imperiosamente, più del solito mi parve, così come imperiosa sentii la voce del dottor D'Amato: «*Pollice, che succede? Perché questa convocazione improvvisa? Io ho da fare se non lo sapete...*»
«*Non so che dirle, così per telefono, signor Commissario... Capo* – aggiunsi sapendo quanto ci tiene alla denominazione completa del suo grado nella P.S. – *so soltanto che l'Avvocato vuole averla qui domattina, alle dieci, per discutere di una questione davvero importante che interessa anche quell'Alto Funzionario...*»
«*Sì, sì, ho capito... Mmmm... E va bene, dica al suo Avvocato che ci sarò... insieme all'Ispettore Bolli, ovviamente*».
Anche questa era fatta e rivolsi uno sguardo di assenso al mio Datore di lavoro che comprese al volo, si sradicò dalla sua poltrona e si diresse fuori dello studio diretto all'orto. «*Filippo..., Filippo*» chiamò e Filippo dal garage rispose subito «*Eccomi, stavo pulendo la Lancia...*».

Il pranzo fu luculliano: Maria aveva preparato dei tonnarelli fatti in casa conditi col ragù che solo lei sa fare e cucinare così bene, e poi dei saltimbocca alla romana (quelli di tenera carne di vitella e fetta di prosciutto magro, con in

mezzo una foglia di salvia, uniti insieme con gli stuzzicadenti) e poi formaggi a piacere.
Beh, Maria cucina i saltimbocca con burro e olio extravergine d'oliva e ci aggiunge un mezzo bicchiere di vino bianco dei Castelli. Non vi posso spiegarne la bontà...
Poi fresca insalatina dell'orto con ravanelli affettati e, infine, un dolce di savoiardi imbevuti di Alchermes e immersi nella crema pasticciera. Roba da ingrassare un chilo solo a vederla servita a tavola.
Prendemmo il caffè in ufficio, mentre il mio Capo si prodigava in spiegazioni su quanto avremmo discusso e concordato l'indomani mattina, ma ancora non si sbilanciava sul come avrebbe risolto il problema.
Il pomeriggio passò rapidamente tra varie telefonate in uscita ed in entrata e alla sera, finalmente, avevamo predisposto tutto a puntino.
Mi sentivo ancora strapieno del pranzo e quindi cenai con un bicchiere di latte e quattro biscotti e andai a letto soddisfatto a godermi il sonno del giusto.
Lasciai il Capo avvinto al telefono.

12

Il mattino successivo mi svegliai tardi e Maria mi portò la colazione a letto: latte, caffè, miele e fette biscottate e una cassatina di ricotta appena sfornata. Mi alzai con comodo e dopo una doccia rinvigorente mi vestii di tutto punto e scesi nello studio. Erano ormai le dieci.
Lì, assiso alla sua solita poltrona dietro la sua scrivania di mogano, il mio Datore di lavoro stava già imbonendo il suo auditorio composto dal dottor Anselmo D'Amato Commissario Capo della Polizia di Stato, dal mio amico ed ex compagno di banco alle elementari Giorgio Bolli Ispettore di PS, dal mio collega investigatore privato Roberto Ricci detto Ro 'quasi' bravo quanto me e dall'altro collega Giancarlo Mura detto Gian bravo quasi quanto Roberto. Mi serviva dunque un aggiornamento di situazione, cosa che il Capo non si fece affatto pregare a fare anche per introdurre agli altri la questione.

«*Signor Pollice* – enunciò cerimonioso; mi parla sempre così in presenza di estranei – *come lei sa i presenti sono stati qui invitati per considerazioni connesse col caso dell'Ospedale XXXXX. Ancora stavo valutando l'opportunità di procedere o meno nelle nostre investigazioni, chiedendo però aiuto alle Autorità di Polizia, qui rappresentate dal Commissario Capo e dal suo aiutante* – i due Poliziotti annuirono in sincrono come quei cagnolini di peluche e ceramica che qualcuno posiziona sul lunotto posteriore della propria auto – *I suoi colleghi Ricci e Mura invece sono qui in veste di uditori e suoi prossimi collaboratori per l'eventuale prosieguo delle indagini;* – entrambi mi sorrisero amichevoli – *naturalmente non una parola dovrà uscire da questo studio, soprattutto nei confronti della stampa, almeno finché non avremo raggiunto lo scopo finale di smascherare i colpevoli dei furti di materiale sanitario pregiato e le Autorità siano subentrate a noi nelle operazioni. La stampa sarà informata nei modi dovuti, solo quando lo decideremo noi...*».

Beh...! Che mi venga un colpo... da come lo conoscevo potevo giustamente presumere che il mio Capo avesse già in serbo istruzioni particolareggiate per me e per i miei colleghi per risolvere il caso e stesse soltanto pavoneggiandosi con la Polizia in attesa della scena madre finale dell'assicurazione alla giustizia dei malnati che eravamo stati incaricati di scoprire.
E inoltre sentivo nelle ossa che se i poliziotti erano presenti e così ben disposti ad ascoltare si doveva supporre che, a seguito del mio invito del

pomeriggio precedente, qualcun'altro glielo avesse richiesto in forma ufficiale, affinché collaborassero con noi per concludere le indagini con l'arresto dei colpevoli.
In un lampo compresi: *lui* ieri sera, mentre io mi accingevo ad infilarmi sotto le coperte, doveva aver parlato di nuovo col suo amico del Ministero dell'Interno, quello che ci aveva affibbiato tempo[8] fa il caso del suicida dell'aeroporto di Fiumicino ed aveva suggerito al Ragioniere Trisoliti di venire da noi.

«*Ebbene, signori* – ricominciò il mio Datore di lavoro con un cipiglio solenne – *guardiamo un po' le cose come stanno. Il signor Pollice nella sua esuberanza professionale* – e mi gratificò di un cipiglio lievemente meno grave – *ha accolto nella mia casa un visitatore in cerca d'aiuto. Io, che sono tenero di cuore,* – Hahaha, figuriamoci..., lui tenero di cuore! – *ho ascoltato in parte le sue lamentele e mi sono sentito in dovere di non sconfessare l'operato del mio solerte collaboratore* – sguardo verso di me, stavolta caustico – *accettandolo come cliente. Naturalmente ho lasciato al signor Pollice l'incombenza di raccogliere i dati necessari alla*

---

[8] Vedasi "Eppure gliel'avevo detto" secondo resoconto di Gino Pollice, stesso Autore, Editore lulu.com - Settembre 2010.

bisogna e così egli – cioè io – *si è recato sul posto e, da quello che mi ha riferito ed altro che ha omesso ma che ovviamente ho intuito, mi ha fatto concretizzare quanto sto per dirvi*».
Pausa per vedere se stavamo attenti: «*In quella struttura ospedaliera si sono verificate situazioni che sono presenti ovunque nel nostro Paese (e non solo nel settore sanitario). Ci sono, infatti, dappertutto nella Pubblica Amministrazione persone che asportano oggetti appartenenti alla comunità, dalle graffette e le penne ai computer ed altro, o che si appropriano di denaro pubblico o che approfittano ad esempio delle auto blu per propri comodi privati* – il Commissario Capo agitò l'ampio sedere sulla sua poltroncina facendola scricchiolare – *ma in genere si tratta di frodi di modesta entità che non varrebbe, talvolta, la pena di perseguire anche se sono da condannare, perché si tratta pur sempre di malversazioni. Nel caso invece in esame, come anche in altri casi ben più macroscopici, dall'Ospedale XXXXX sono state abilmente asportate attrezzature costose ed elevate quantità di materiali sanitari ad opera d'ignoti ma, sicuramente, con la complicità di personale interno. Ora, se anche voi concordate con me, affermo che sarebbe bene individuare i complici interni per risalire all'organizzazione esterna e quindi alla fervida mente criminale che sono*

beneficiarie delle asportazioni di cui vi ho appena parlato».

Fece una pausa per inspirare un barile d'aria che poi soffiò fuori con decisione e riprese, mentre noi tutti pendevamo dalle sue labbra: «*Mi sono domandato 'cui prodest? ' e 'chi sta dietro a questi fatti delittuosi?' e 'come procedere?' e mi sono anche risposto quasi subito, dato il mio enorme potenziale cerebrale.* – modesto il mio signore e padrone – *La mente criminale che tira i fili è sicuramente addentro ai problemi sanitari. L'individuo, probabilmente, è in contatto con alcune case di cura private che rifornisce con spudoratezza spalleggiato da organizzazioni malavitose e con la complicità di personale interno all'Ospedale XXXXX e a chissà quanti altri ospedali e cliniche della regione. Non credo, infatti, che il problema sia circoscritto solo all'Ospedale visitato dal signor Pollice. Questo tizio si sente tanto sicuro di sé al punto da non tenere in alcun conto la possibilità di essere scoperto, fidando anche di appoggi politici del luogo. Elargisce mazzette a vari livelli coprendo così la rete di malversazioni che fa capo a lui. Ora, per scoprire chi sia, come agisca e quando*

---

[9] A chi interessa? – Chi se ne avvantaggia?

convenga intervenire per eliminare il problema, ritengo che occorra predisporre una trappola per incastrare i complici interni, per poi risalire all'organizzazione che li ha assoldati e quindi al vertice della stessa. La trappola che ho ideato sarà tanto più efficace quanto più appetibile sarà l'esca che useremo».

«*Sono d'accordo che si tratti di un'organizzazione criminale più vasta e che non si limita per le sue ruberie al solo Ospedale XXXXX ma è troppo facile parlare di trappola...* – interloquì con sussiego il dottor D'Amato dall'alto della sua pancetta trasbordante – *anche se mettessimo a disposizione dei ladri quintali di materiale sanitario pregiato dovremmo attendere dei mesi perché i ladri operino in modo tale da poterli individuare*» e si guardò intorno attendendo cenni di approvazione al suo intervento, che non vennero neppure dal suo dipendente e collaboratore Giorgio Bolli.
«*No, Commissario Capo,* – disse conciliante il mio Avvocato – *non è questo che intendevo... vede, giusto nei giorni scorsi ho letto sulla 'Rivista Medica USA', cui sono abbonato con altri mensili e quotidiani nostrani, che è stato sperimentato negli Stati Uniti un nuovo Sistema Radiologico Compatto (SRC) che sarebbe l'ideale del genere per poterne dotare alcune*

Ambulanze specializzate in ogni Regione in sostituzione di apparati ben più ingombranti che producono le lastre che conosciamo.

Tale nuovo sistema compatto è molto costoso e perciò potrebbe suscitare le bramosie di chi sta depauperando l'Ospedale XXXXX per proprio interesse. Ritengo che, predisponendo questa trappola con un'esca così allettante... forse potremmo riuscire ad individuare con certezza i complici interni all'Ospedale tra quelli già 'sub suspicione'...».

Altra pausa respiratoria e «*In effetti, ho già parlato di questo mio piano con l'amico del Ministero il quale ha convenuto con me che si potrebbe tentare con buone speranze di riuscire. Anzi gli è piaciuto talmente che ha promesso di attivarsi per la parte che esula dalle nostre possibilità immediate*».

13

Aveva appena finito di esporre, il mio Capo, che una specie di gazzarra si era prodotta nel giardino anteriore di casa.
Diedi una rapida occhiata tramite il monitor che ho sulla mia scrivania e vidi quella che mi sembrò di primo acchito una 'rissa' da sala biliardi di periferia.
Una giovane graziosa fanciulla, con cipiglio determinato, che alcuni di voi hanno già avuto modo di conoscere nei miei precedenti resoconti , rivolgeva infuriati epiteti d'ogni genere (che una brava ragazza non dovrebbe neppure conoscere) a Filippo, il nostro orco casalingo, che non sa normalmente come affrontare le ragazze ed a Maria, che invece lo sa fare molto bene. E tutto ciò nel tentativo della giovane di eludere la sorveglianza dei due coniugi e cercare di invadere la nostra casa.
Sebbene glielo avessi detto e ridetto più volte non riusciva ad entrare in quella testolina ricciuta che tale comportamento configurava violazione di domicilio... ma che volete, Valentina Fiore, la mia esuberante amica giornalista della "Gazzetta Romana" è fatta così.

---

[10] Vedasi: "Un pugno di Gioielli" e "Eppure glielo avevo detto", dello stesso Autore, Editore lulu.com.

Aveva approfittato del momento in cui Filippo aveva aperto il cancello carraio, per uscire con la Panda per acquisti al mercato rionale, e si era infilata in giardino cominciando a tempestare poi coi suoi piccoli pugni la porta blindata d'ingresso, facendo accorrere Maria dalla cucina.
Mi venne da sorridere all'idea di quello scricciolo di donna, pure piacevolmente proporzionata, che lottava con Filippo l'energumeno e sua moglie Maria segaligna ma spinosa come un saguaro e dura come l'acciaio.
Non finiva mai di stupirmi, Valentina.
Ma come aveva potuto sapere che avevamo per le mani qualcosa di grosso che avrebbe potuto procurarle un buon scoop?
Misteri delle interconnessioni giornalistiche con il solito intuito femminile...
Eppure ancora non avevamo comunicato nulla alla Questura o a qualche Giudice sotto il vincolo del riserbo (lo sanno tutti che le notizie più riservate vengono propalate automaticamente non appena i titolari di inchieste abbiano iniziato il loro lavoro e *prima* che l'abbiano concluso).
Mi sovvenni ad un tratto che altri sapevano del mio viaggetto in Sicilia e guardai quindi intenzionalmente il mio amico e collaboratore Ro il quale mi elargì un sorrisetto di circostanza ...il fedifrago.

Mi recai nell'atrio, sottrassi Valentina alle giuste rimostranze più che verbali di Maria prendendola per un braccio, tirandola dentro la saletta d'aspetto per i visitatori e costringendola a sedersi sul divanetto.

Maria le lanciò un ultimo sguardo bieco e assassino, e si allontanò brontolando verso la *sua* cucina.

«*Ahi... mi hai fatto male*» mi apostrofò lamentosa la più promettente e petulante giornalista della Gazzetta Romana strofinandosi il braccio...

«*E ti farò di peggio se non mi dici subito com'é che sei già qui a rompere...*».

«*Non essere volgare come al solito* – mi rimbeccò lei – *lo sai che il diritto di cronaca e la libertà di stampa sono sacri ed inviolabili e che...*».

«*Sì, sì lo so, eccetera eccetera. Ma ora parla e in fretta anche, ché ci sono ospiti che mi attendono di là*».

«*Beh..., quando la mia fonte segreta* – cominciò con una vocetta diventata mielosa e pietevole – *mi ha avvertito che partivi in missione, mi sono ricordata della volta che sei andato ad Avellino*[11]. *Anche allora ne ho tirato fuori un servizio giornalistico niente male... e quindi sono stata*

---

[11] Vedasi "Eppure gliel'avevo detto" di Natale Figura, ed. lulu.com.

all'erta aspettando il tuo ritorno. Poi ho saputo che eri rientrato e mi sono appostata dentro la mia Peugeot 106 laggiù, dietro quel pino, in attesa di vederti. E' stato appunto così che ho riconosciuto il Commissario Capo D'Amato e gli altri che entravano in casa e non ho resistito all'impulso di entrare anche io... il resto lo sai» e tirò su col naso guardandomi di sotto in su come lei sa fare bene per impietosire la gente.

«*So io qual è la tua 'fonte segreta' e prenderò provvedimenti al riguardo di quel traditore di Ro... gli torcerò il collo... ma ora, dimmi, che cosa devo fare di te?... anzi no, aspetta qui*» le ordinai e la mollai sul posto entrando nell'ufficio del Capo per riferire e prendere istruzioni.

«*Capo,* – esordii, e il Commissario e il mio Capo rivolsero immediatamente lo sguardo verso di me, incuriosito l'uno e corrucciato l'altro – *Valentina Fiore è di là e ne sa abbastanza... che faccio, la butto fuori?*».

«*Sono già qui,* – squillò argentina la voce di Valentina dietro di me – *che cosa scriverò domani sul mio giornale?* **'Nostra Giornalista d'avanguardia brutalmente malmenata ed estromessa da una riunione segreta tra un noto Investigatore Privato romano ed un alto esponente della Polizia...'**, *è questo che devo scrivere in prima pagina?*»

«*Piccola ricattatrice adesso io...*» e mi volsi a lei.

«*Fermo* – m'intimò il mio Avvocato dal suo scranno, e a Valentina – *buongiorno signorina Fiore, non le verrà torto un capello. Tuttavia la sua presenza qui non era prevista altrimenti l'avremmo accolta diversamente*» ('magari a fucilate', pensai irritato).
«*Adesso che è entrata* – continuò il mio Principale – *mi è venuto in mente che lei e la sua attività professionale potrebbero tornarci utili... tranquillo Commissario Capo... per uno scopo che ci agevoli il compito di risolvere questo caso senza spargimenti di sangue. Ma voglio una promessa da lei: non pubblichi ancora nulla e lo faccia solo quando riterremo e saremo in grado di agire. D'accordo signorina?*».
Valentina ci pensò un milionesimo di secondo, annuì e si appropriò soddisfatta di una poltroncina davanti alla mia scrivania con un sorrisetto da schiaffi, appizzando le orecchie a quello che avrebbe potuto sentire e memorizzare e pronta con la sua penna a scrivere tutto.
Il mio Capo riepilogò per lei quanto già detto e sviscerò ulteriormente il tipo di intervento che dovevamo porre in essere.

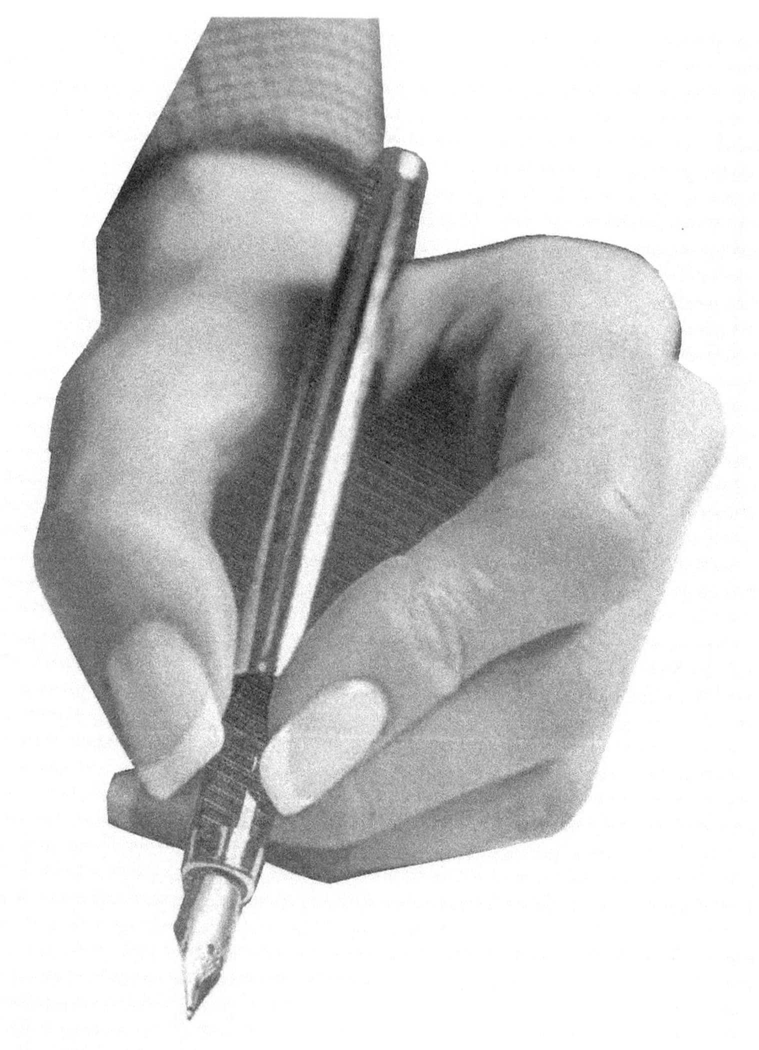

14

Avevamo quindi fatto un piano di battaglia che era stato approvato all'unanimità dei presenti: Ro, Giorgio ed io saremmo tornati in Sicilia, all'Ospedale XXXXX, entro il lunedi successivo. E mentre il mio amico Ispettore P.S. Giorgio Bolli ed io saremmo rimasti defilati ma in stretto contatto con Enza (l'ho preteso perché ero preoccupato per lei), Roberto e Giancarlo in veste di rappresentanti di una grossa Ditta americana Elettromedicale avrebbero proposto ai responsabili tecnico-amministrativi dell'Ospedale l'uso sperimentale di quel nuovissimo importante *strumento radiologico compatto* di elevato costo ma anche di elevatissima efficacia. Roba da far gola a chiunque del mestiere: ci sembrava l'esca giusta per catturare il pesce più grosso.
Valentina si sarebbe occupata di pubblicizzare la cosa nel suo giornale romano e, con l'aiuto sul posto di un suo noto amico giornalista, Pippo N. (è meglio non citarlo per esteso), anche su 'La Sicilia' ed altri giornali locali.
Il Commissario Capo D'Amato avrebbe attivato, in forma estremamente riservata, alcuni suoi contatti nella DIA e richiesta l'autorizzazione del Funzionario Ministeriale, che non nomino, a

prendere contatti a Palermo col Magistrato dott. Piero G. per riferirgli quanto avevamo ordito.
Poi quello avrebbe provveduto per quanto di sua competenza. Ritenemmo non indispensabile preavvisare del nostro arrivo in loco altri rappresentanti della Polizia di Stato e della Questura perché... beh, il perché lo capite da soli.

In effetti, il venerdì mattina, sulla Gazzetta Romana un titolone su tre colonne, sopra una foto di un fantastico strumento elettromedicale mai visto prima in Italia, informava che finalmente si era ottenuto che anche nel nostro Paese venisse sperimentata quella nuova tecnica che poteva rivoluzionare le attività radiologiche ospedaliere. Si trattava, diceva l'articolo di Valentina Fiore, di uno strumento portatile di costo elevato che consentiva di effettuare superbe radiografie a lettura immediata su schermo di prestampa e successiva stampa su carta comune di strutture ossee fratturate, o non, su cui intervenire con sollecitudine. E il tutto si presentava così compatto, versatile e di facile utilizzazione da far prevedere che quello strumento avrebbe in breve tempo sostituito egregiamente macchinari ben più ingombranti attualmente in uso.
Sul giornale La Sicilia, inoltre, a firma di Pippo N., il giornalista amico di Valentina, si precisava che la stampa su carta era così nitida (e mostrava

alcuni esempi di ossa, un tratto di una spina dorsale ed un bacino) da far dimenticare le vecchie lastre radiografiche, talvolta confuse o di difficile interpretazione.

Avevo visto in anteprima, via fax, quegli articoli ora pubblicati sui giornali che magnificavano esaltandola quell'attrezzatura e li avevo mostrati anche a Giorgio Bolli che mi aveva chiesto come avessero potuto riprodurre quelle immagini di ossa e di chi fossero. Gli avevo risposto che era stato un abile montaggio fotografico fatto fare dal giornalista Pippo N. e che le ossa erano quelle radiografate di Enza e stampate dalla radiografia direttamente su carta dopo un buon intervento correttivo di un altro amico fotografo del posto.

«*Però, che belle ossa ha questa Enza*», celiò il mio amico Giorgio ammiccando.

«*Sì* – risposi convinto – *e non hai ancora visto il resto...*», conclusi serio.

Il sabato successivo, ribadendo che lo strumento portatile sperimentale, costosissimo, pareva il non plus ultra in campo radiologico, entrambi i giornalisti segnalavano sui rispettivi quotidiani che alcuni Tecnici inviati dalla Ditta avrebbero provveduto a collocare l'apparecchio nel Reparto Radiologico dell'Ospedale XXXXX il prossimo lunedì pomeriggio per procedere a

dimostrazioni pratiche e gratuite a partire dal martedì seguente. Questo significava che nella serata di domenica Giorgio ed io avremmo dovuto essere già sul posto in attesa che il lunedì arrivasse Ro con tutta l'attrezzatura portatile che nel frattempo la Ditta aveva approntato e consegnato coi suoi marchi (ovviamente si trattava di uno strumento posticcio, poco più di una fotocopiatrice e scanner in una carrozzeria inusuale, preparato apposta per noi in tempi estremamente ristretti).
Avevamo convenuto che se fosse stato necessario la 'cavia' da scannerizzare sarebbe stata Enza, della quale Pippo N. deteneva le stampe cartacee delle radiografie delle ossa corrette dal fotografo.

Domenica, sotto la pressione ministeriale e la collaborazione delle Forze dell'Ordine, tutto era pronto e predisposto nei particolari: l'attrezzo speciale, (già caricato su una bellissima Peugeot 408 familiare che guidata alternativamente da Ro e Gian sarebbe arrivata a destinazione il lunedì nel primo pomeriggio) sarebbe stato depositato nel magazzino di Radiologia per essere sballato il martedi mattina. Io e l'amico Bolli eravamo già in Aeroporto a Ciampino per prendere l'AZ-23 dell'Alitalia destinazione Catania, dove avremmo noleggiato la solita FIAT-Punto.

Il Magistrato Piero G. a Palermo era stato allertato in forma privatissima (e pregato dall'Alto Funzionario Ministeriale di collaborare al massimo) e così anche alcuni funzionari locali della DIA.

Valentina e Pippo N. erano pronti a partire coi loro giornali con una nutrita campagna di stampa (se l'impresa avesse avuto buon esito).

Insomma, tutto era pronto per acciuffare il 'topo' qualora il 'formaggio' si fosse rivelato un'esca irresistibile.

Il mio Capo, essere sedentario per eccellenza, rimaneva a Roma, fremente, attendendo i risultati del suo ingegno.

15

Giorgio Bolli, il mio amico Ispettore di P.S., giaceva nel letto 22 della corsia vicina al deposito del materiale radiologico. Con l'aiuto del Ragionier Trisoliti era stato ricoverato nel mattino di lunedì per presunti e non meglio specificati dolori addominali...
Comodo, per lui, lavorare sdraiato.
Speravo soltanto che non si addormentasse nella notte cruciale tra lunedì e martedì in quanto il suo compito, dentro l'Ospedale era di controllare le eventuali attività notturne di quelli che ormai avevamo denominato '*i banditi delle cliniche*'.
Giorgio avrebbe segnalato a me, col suo cellulare di ultima generazione, il momento in cui sarebbe stato opportuno agire ed io da fuori avrei allertato il vicino posto di Polizia dove una squadra della DIA sostava in apposita attesa, senza aver comunicato ad alcuno il perché si trovasse lì. 'Motivi di opportunità', era stato detto ad un dubbioso ipersensibile Vicecommissario di Polizia, niente affatto contento della presenza di quei Poliziotti 'speciali'.
Il piano di battaglia pareva efficace e mi piaceva questa collaborazione di Poliziotti privati con DIA e Polizia di Stato. Mancavano giusto Carabinieri e G. di F. a completamento.

Mezzanotte, l'ora delle streghe, dei furfanti, delle falene e dei grassatori.
L'Ospedale XXXXX dormiva, tranne alcuni ricoverati insonni e le Infermiere Caposala che chissà come riescono a stare sveglie anche se morte di stanchezza.
L'una... l'una e mezza... le due.
Io, all'alloggio Bella Giulia B&B mi pizzicottavo le guance per rimanere sveglio e pensavo al contorno soffice delle ossa di Enza, la quale probabilmente già dormiva della grossa nella sua casa ripulita a fondo a tempo di record.
Non un cane per strada.
La notte, fresca, invitava ad abbandonarsi al sopore. Ma dovevo restare sveglio.
Ro e Gian, all'Albergo Jonio dall'altra parte della strada dovevano anche loro fare un'enorme fatica a restare vigili, soprattutto dopo quel lungo viaggio in auto di oltre mille chilometri.

Le due e tre quarti, dalla mia finestra dominavo il piazzale antistante la grigia 'M' dell'Ospedale...
Ecco appropinquarsi silenzioso un SUV scuro. Ne scese un uomo altrettanto scuro con in testa un basco; velocemente si diresse all'Ospedale, entrò sorpassando la garitta del custode e scomparve in fondo all'atrio.

Telefonino in mano scesi al pianterreno e senza far rumore con le mie suole di para uscii fuori e mi accostai al SUV. Era aperto ma senza chiavi. Diedi un'occhiata alla targa posteriore e mi accorsi che era stata montata alla meglio sopra un'altra targa... da lontano non se ne sarebbe accorto nessuno e non era il caso, dunque, di annotarne i numeri. Mi appostai lì vicino, tra le Chicas ed un cespuglio fitto di oleandri e attesi. La statua di San Pio mi faceva compagnia.
Passò poco e la vibrazione del mio cellulare mi avvertì di una chiamata in arrivo. «*Ci siamo*» mi sussurrò nell'auricolare il mio amico poliziotto 'ricoverato' «*sono in tre, uno è un medico col camice bianco e due in tuta blu scura. Stanno portando via l'attrezzo. Dove sono Gian e Ro?*»
«*Qui vicino, ora li chiamo. Tu smetti di fare il malato e preparati a scendere. Aspetto di vederti, mentre avverto la squadra della DIA*».
«*E' una parola prepararmi...* – nuovamente mi bisbigliò Giorgio nelle orecchie – *mi hanno sequestrato i vestiti al momento del ricovero... vengo in pigiama. Non mi perderei lo spettacolo per tutto l'oro del mondo*» e chiuse il contatto.
Attesi qualche secondo, feci il numero che mi avevano dato e avvertii la squadra della DIA.

I tre uscirono dall'Ospedale senza alcun timore di poter essere visti, anzi aiutati dal guardiano notturno, trasportando con una certa fatica i due contenitori col marchio della Ditta elettromedicale e una bracciata di altri articoli sanitari.
Il soggetto in camice bianco, con aria direttoriale, dava ordini a mezza voce agli altri che facessero attenzione a non urtare con le casse contro i pilastri dell'ingresso.
Io avevo già chiamato anche Ro e Gian che ora stavano sulla soglia del loro albergo Jonio, armi in mano. Gian, inoltre, riprendeva la scena con una microcamera ultrasensibile.
Giorgio in un inverosimile pigiama ospedaliero grigio, a righe come i galeotti, i cui pantaloni gli arrivavano a malapena alle caviglie, stava attraversando furtivamente l'atrio per tagliare ai ladri la via del rientro in Ospedale e io avevo tirato fuori la mia beretta calibro 7,65.
Avevano appena caricato il primo contenitore quando l'aria fu attraversata da colpi di fischietto, da grida di "*Alt, Polizia*" e urlacci vari, mentre un nugolo di poliziotti con la testa incappucciata a passo di carica si slanciava sui quattro, rimasti interdetti. L'uomo in camice bianco fece un gran salto e tentò di fuggire nella mia direzione ma appena fu a tiro allungai una gamba e gli feci lo sgambetto (ero molto bravo a farlo a scuola alle

femmine...). Andò a terra planando col viso contro una delle Cicas che, fortunatamente, non ebbe a soffrirne.
Mi sarebbe dispiaciuto, per la Cicas.
Ro e Gian rinfoderarono le armi e stettero a guardare i Poliziotti della DIA col viso coperto dal passamontagna che ammanettavano i tre '*banditi delle cliniche*', medico compreso, intanto che Giorgio, in pigiama, conduceva loro anche il guardiano, tenendolo per la collottola.
Qualche finestra della facciata si era illuminata e due o tre visi occhieggiavano dietro i vetri.
Il tutto non era durato più di quindici minuti.

Cicas revoluta – palma nana, particolare.

16

A Roma il giovedì pomeriggio il gruppo al completo ascoltava soddisfatto le congratulazioni del mio Capo per l'ottima felice riuscita dell'operazione. In particolare Valentina con l'eterno libricino per appunti in mano, poggiato di sguincio sulla borsetta aperta, pareva assorta ad ascoltare e memorizzare quanto veniva detto.

«*Bene, ci siamo riusciti* – si complimentò con tutti l'Avvocato, palesemente soddisfatto – *adesso è soltanto compito delle Autorità di Polizia procedere all'arresto di tutta la banda. Avete scoperto qualcosa d'altro?*»

«*Ma certo,* – rispose il Commissario Capo – *il capoccia era proprio il medico, il PRIMARIO (quello in tutte lettere maiuscole) che riforniva dei materiali sanitari pubblici, intascandone gli utili relativi, un'organizzazione di oltre una cinquantina di Cliniche private, Case di cura e Case Protette per anziani. Il tutto contornato da false fatture e giro di bustarelle a vari livelli. La sua attività malavitosa, protetta anche da frange della criminalità organizzata, opportunamente sovvenzionate, creava un giro di milioni di euro. Naturalmente già la DIA e la Magistratura avevano sott'occhio gran parte degli aderenti a questa 'lobby' criminale, ragion per cui la trappola ingegnosamente ideata ed attuata da noi*

– Poliziotto bugiardo e tronfio: ideata invece dal mio Capo – *e abilmente posta in essere in loco è stata utile per catturare il capobanda ed alcuni dei suoi. Gli altri sono stati presi in gran parte con una retata della DIA, predisposta da tempo ma rinviata in attesa di un passo falso, che è avvenuto come auspicato. Stiamo tentando di scoprire quali politici tenevano bordone... ma non abbiamo certezze al riguardo e forse non lo sapremo mai... peccato!*».

Aveva detto la sua in qualità di rappresentante in casa nostra delle forze di Polizia. «*Tutto vero* – rispose con pacatezza il mio esimio superiore in tutto, tranne che nel savoir faire con le fanciulle... io sono inarrivabile in questo – *meno l'ideazione della trappola, che è stata parto della mia mente ed è stata resa attuabile anche per il prezioso intervento del dottor Andr... cioè del vostro Alto Funzionario Ministeriale che ha convinto i titolari della Ditta a fornirci l'esca adatta ed ha stimolato l'interesse del dottor Pietro G. dell'Antimafia.*
Ovviamente dobbiamo ringraziare anche gli altri che hanno partecipato all'impresa e che ora non corrono più rischi per la propria vita, dato che l'organizzazione è stata decapitata, se non smantellata del tutto. Adesso credo che possiamo anche dare il via alle comunicazioni alla stampa

dell'operato delle Forze dell'Ordine. Signorina Fiore... la notizia è tutta sua, se l'è meritata, insieme al suo collega siciliano. Come intende procedere?»
Valentina assorta in quello che stava facendo sobbalzò alla domanda diretta e rivolse agli astanti ed al mio Capo un sorriso incerto, preparandosi a rispondere.

In quel momento squillò il telefono privato. Alzò subito la cornetta il mio diletto Avvocato battendomi nel tempo. Una voce sonora che lui conosceva bene lo interpellò acuta spandendosi per la stanza... col vivavoce potevamo udirla tutti: «*Renzo,* – enunciò l'Alto Funzionario del Ministero degli Interni – *mi avevi detto che avresti atteso almeno un giorno prima di divulgare qualunque notizia riferita al nostro caso dell'Ospedale XXXXX ma in giro già ci sono strilloni di gran parte dei giornali che riportano dettagliatamente le operazioni svolte in Sicilia. Mi hanno appena portato un giornale fresco di stampa... la 'Gazzetta Romana'... addirittura l'inchiostro non è nemmeno asciutto, che titola a pagina intera che ti leggo:* <***Arrestato medico, Capo di un'organizzazione malavitosa che derubava gli Ospedali***> *e sotto in grassetto* <***Cade in una ingegnosa trappola predisposta da un noto Investigatore Privato romano coadiuvato dalle Forze dell'Ordine – La***

DIA arresta in Sicilia più di ottanta delinquenti*> – *dal nostro inviato Valentina Fiore. *Non che io ne sia scontento, talvolta succede addirittura in anticipo sulle azioni dei Magistrati che i giornali riportino notizie che dovrebbero essere coperte dal segreto istruttorio... ma come me lo spieghi?*»

Gli occhi di tutti si erano rivolti di colpo a Valentina, la quale ora con un sorriso di circostanza stampato sul volto stava armeggiando nella sua borsa aperta nel tentativo di chiudere la comunicazione del suo cellulare col suo Capo Redattore della Gazzetta Romana...
«*Ah, piccola delinquente*... – incominciai con un mezzo sorriso di ammirazione alzandomi dalla mia poltroncina – *proprio non sai stare alle regole eh?... Ti avevamo pur detto che lo scoop sarebbe stato tutto tuo... che bisogno c'era di rimanere in contatto diretto, tramite cellulare con la tua Redazione? Hanno sentito tutto e fatto in tempo a stampare per l'edizione speciale eh?*"
Valentia non accennò a dinieghi, che nessuno avrebbe creduto, accentuò il suo sorriso tra il birichino e lo sfrontato e commentò: «*Il diritto di cronaca è sacro*".

L'AUTORE

Natale Figura *nasce a Rosolini (SR) il 22/11/1942.*

Generale in congedo dell'Aeronautica Militare ha scritto diversi volumi tecnico-operativi, ancora in uso per l'istruzione degli Ufficiali Piloti ed Antincendi delle Forze Armate Italiane.

Ha pubblicato con lulu.com: "La mia Libertà" – "Un pugno di Gioielli" – "Storie brevi e d'altri tempi" – "I racconti del Casale" – "I Fantaltri 1" – "I Fantaltri 2" – "I Fantaltri 3" – "Il viaggio" – "Eppure gliel'avevo detto" – "La Zingara Indovina" – "Note Organotroniche dalla Galassia TF-8" – "Chiacchierando di Bridge (e un po' di King)" – I sei volumetti della serie "I Fantaltrini" – "Shrilla the Angel" e "Rei, ragazza d'acciaio", questi due ultimi anche tradotti in Inglese.

Con altri Autori ha scritto e curato la pubblicazione di: "La sfida" – "Moschettieri per quattro" – "Vita da Ranger".

Per il sito 'http://nonsoloscrivere.weebly.com' ha curato la stesura e pubblicazione delle Antologie "Annali 1" e "Annali 2".

Ha curato la pubblicazione dei volumetti di poesie erotiche "Il libro di poesie di Lolita" e "Sogni e desideri di Lolita" di Manuela Zoia e "Gli inconfessabili desideri di Barby" e "Profumo di una donna" e "Delirio dei sensi – vol.1" di Barbara Schiavon.

Ha collaborato con propri racconti alle due Antologie di Fantascienza della serie "Ceneri del Fantastico" e due di Horror della serie "Le vie del buio" curate da Francesco Martino, ed. lulu.com.

Contatti: natalefigura@virgilio.it -
http://stores.lulu.com/store.php?fAcctID=3740167

ISBN 978-1-4461-0828-4
90000
9 781446 108284

www.ingramcontent.com/pod-product-compliance
Ingram Content Group UK Ltd.
Pitfield, Milton Keynes, MK11 3LW, UK
UKHW020239250726
13967UKWH00001B/462

9 781446 108284